◆ 马瑞芳 著

豆棚瓜架婆婆妈妈

图书在版编目（CIP）数据

豆棚瓜架婆婆妈 / 马瑞芳著. — 青岛：青岛出版社, 2021.2
ISBN 978-7-5552-4985-6

Ⅰ.①豆… Ⅱ.①马… Ⅲ.①纪实文学-中国-当代 Ⅳ.①I25

中国版本图书馆CIP数据核字(2020)第269059号

书　　名	豆棚瓜架婆婆妈 DOUPENG GUAJIA POPOMA	
著　　者	马瑞芳	
插图绘制	张丽华	
出版发行	青岛出版社	
社　　址	青岛市海尔路182号（266061）	
本社网址	http://www.qdpub.com	
邮购电话	13335059110　0532-68068026	
策划组稿	刘　蕾	
责任编辑	孙学敏　　张　馨	
美术编辑	徐杲昊	
印　　刷	青岛乐喜力科技发展有限公司	
出版日期	2021年4月第1版　2021年4月第1次印刷	
开　　本	32开（889mm×1194mm）	
印　　张	8.75	
字　　数	129千	
书　　号	ISBN 978-7-5552-4985-6	
定　　价	43.00元	

编校印装质量、盗版监督服务电话 4006532017　0532-68068050
建议陈列类别：纪实文学

1978年全家福

作家简介

马瑞芳,山东青州人,回族。山东大学文学院教授、博士生导师,山东大学古代文学学科学术带头人。中国作家协会全国委员会荣誉委员,中国红学会学术委员。曾任山东省作协副主席、山东省政协常委会委员、山东省人大常委会委员。代表作有纪实文学《煎饼花》,长篇小说《蓝眼睛·黑眼睛》《天眼》《感受四季》,散文集《百家讲坛这张魔鬼的床》等,学术专著约四十种,如《幻由人生——蒲松龄传》《中国古代小说构思学》。作品曾获全国优秀长篇小说奖、全国首届少数民族文学评奖散文一等奖、全国纪实散文奖、全国女性文学创作奖、全国女性文学理论创新奖、山东省社会科学优秀成果奖等。在中央电视台百家讲坛主讲《马瑞芳说聊斋》,在喜马拉雅平台主讲《马瑞芳品读〈红楼梦〉》《马瑞芳讲〈聊斋志异〉》《马瑞芳品读〈金瓶梅〉》《马瑞芳品读〈西游记〉》,深受观众和听众喜爱。

作者近照 ◆

家人伺候月子，产妇照顾孩子，是淄博农村通用规矩。这一条，却没照搬到我身上。我儿子除了吃奶，一直由奶奶"单眼瞅着"。

什么叫"含饴弄孙"？看我妈笑眯眯瞅孙子的眼神就明白了。

结蒂的南瓜先是绿色,后是墨绿色,再往后成黄绿色,深黄色……沿西侧墙根,一排向日葵长得严整粗壮,像卫兵一样守护着我们的家院,金色花冠有脸盆大小。好一派丰收景象!

女儿满月后,果然成了全院阿姨、姐姐争先哄着抱着的一个。

每天早上我妈给小妞洗脸梳头,做好早饭。饭后,牛司令送儿子上学。

我妈再做好小妞的饭,一口一口喂饱。有时,我也喂一喂。

饭后,让小妞在那儿玩,我妈在厨房给鸡备饭,其实主要是处理大白菜。她把大白菜的外层剥下来,一片一片洗净后,把菜板端到阳台上。先切菜后剁菜的声音,剁好菜拌麦麸喂鸡的声音……

我妈递过一把梳子:"快!榜榜那头乱草!"

戴德熙每次都要亲手包饺子,而且越包越像那么回事了。她包的饺子都捏上精致的花边,我妈乐呵呵地说:"月牙儿似的,像绣花,这个阿姨真灵透!"

爬到半山腰,我妈突然离开台阶,扶着旁边石阶,移到旁边的树林里,先在地上找了块模样比较周正的石头,后找了棵矮壮的松树,踮起脚,把石头夹到树杈上。

引言
婆家妈

三十年前,我给山东电台做过一个《午夜时光》节目。

题目叫《两个母亲》。

人的生命是母亲给的,母亲具有唯一性。

她是世界上那个最疼你的人。

我怎么能有两个母亲?

一点儿不错,我有娘家和婆家两个母亲。

我把娘家母亲叫"娘",婆家母亲叫"妈"。

常言道:婆媳是"天敌"。

我与婆婆却三十几年和谐相处，亲密无间。

1965年我在我娘身边读完五年大学后到天津工作，1978年回山东大学任教，又和我娘同在济南十年，1989年我娘驾鹤西去时我四十七岁。

从1970年我儿子出生，除有时离开的时段，我妈跟我同一个屋檐下生活三十多年。2006年老太太以九十三岁高龄离世时，六十四岁的我终于正名为自己家的家庭主妇，我跟朋友们调侃说这叫"穷人的孩子早当家"。

我娘富家出身，读过私塾，养育三子四女，"文革"前全部进全国重点大学。

我妈出身清贫，跟开口红楼闭口聊斋的我娘不同，她一个大字不识。

我娘要求女孩跟男孩一样认真上学、好好读书，从来不教女孩如何做饭洗衣、针线女红、整理家务。娘要求女孩跟男孩一样学业争先，掌握专门知识，报效国家。至于家务活儿？娘说："这些东西不用学，将来成家立业，只要心中有爱，慢慢都会。"

娘有时也为我担心，她认为四个女儿中，二妮最笨且脾气犟,从小儿起全家喊我"牛子",亲爱的猫哥七十多岁时给我打电话头句还是"牛!"戏语成谶,我果然嫁个姓牛的。

我上大学时,有次娘看到我穿了很长的线钉纽扣,笑盈盈地说:二妮这个笨劲,非得让她婆婆给送回来不可!接着说起"拙老婆扯丈麻线"谐趣故事:有个青州婆娘,穿上很长的麻线给丈夫纳鞋底,她的婆婆听到"嗤嗤"拉了半夜,以为肯定纳了半个鞋底,第二天一看,只两行。婆婆骂道:"这死科子的工夫都用到拉麻线上了。"要把儿媳妇送回娘家。

我比这个青州婆娘还笨,居然没给婆婆送回娘家。

世上总是蛇有蛇路,鸟有鸟道,老天爷不会饿死傻鸟。

我结婚之初,两地分居,各住集体宿舍,食堂吃饭,无家庭事务。儿子出生前三天,婆婆来了。一般女子娘家叫惯"妈",喊婆婆"妈"拗口,常常羞羞答答,能不叫就不叫。我却开口就叫"妈",因为我家是叫"娘"的。

我一直纳闷儿,青州城里土里土气地呼母亲为

"娘"，淄博乡下却时髦地呼母亲为"妈"，这倒方便了我，一点儿没觉得需要改口，当然也没一分钱改口费。

我妈有三个儿子，牛大哥曾自豪地宣布："你们妯娌仨，加起来也比不过咱妈。"

信哉此言！

如果家庭主妇也评职称，我大概照顾年限能评个"副教授"，而我妈，"家务工程院士"当之无愧。

人生路上，我很荣幸。

既有娘家娘，

又有婆家妈。

婆婆就是妈。

目录

◆ 引言·婆婆妈

◆ 第一章 曲阜"坐月子"
  我妈是"孙子至上主义者"
  她为了孙子什么活都乐意干

  1·"哎呀，是个小子！"   001
  2·"老妈牌席梦思"   006
  3·按我妈规矩"坐月子"   011
  4·俺就叫"新军"   021
  5·"倒像杀了贼王、擒了反叛来的"   024

◆ 第二章 相伴海光寺
  大学毕业生对生活的难题一筹莫展
  农村老太处理得漂漂亮亮游刃有余

  1·"他妈妈啥也不会"   028
  2·到哪里也是好人多啊   032
  3·海光寺的"芭比男娃"   037
  4·幼儿急疹和加急电报   043
  5·我妈跟我怄气   050
  6·淄川民谣和手擀面   053
  7·蒸嫩蛋变成蒸钢蛋   057
  8·人生若只如初见   061

◆ 第三章 淄博田园生涯
  回故乡如鱼得水似鸟归林
  有娘又有妈"富养"多好

  1·儿女身边站，满耳皆乡音   068
  2·"扔崩一走"   073

3 · 豆棚瓜架"稍迁猴"　　　　　077
4 · 饺子外交　　　　　　　　080
5 · 姥姥家做不成"龙蛋"　　　083
6 · 全世界最好吃的烧饼　　　089
7 · "他们又不是不吃牛羊肉"　093
8 · "鸟枪换炮"　　　　　　　100
9 · 有娘又有妈　　　　　　　106

◆ 第四章 二胎保卫战

"一个孩子多孤单，斗斗怎么也得有个伴！"
"你就只管生下给孩子吃口奶，别的不用管。"

1 · "夹板子婆婆"　　　　　　112
2 · "小表的生的"　　　　　　119
3 · 一只羊也是赶，两只羊也是放　123
4 · 儿女双全　　　　　　　　133

◆ 第五章 苦读岁月

"你们两座（个）就知道坐那里写继（字），
光叫我奶奶做患（饭）！"

1 · 自讨苦吃　　　　　　　　143
2 · 重回读写岁月　　　　　　149
3 · 教学科研像泰山压顶　　　153
4 · 假如没有我妈襄助　　　　157
5 · "树大自然直"　　　　　　163
6 · 我妈"爱吃鱼尾巴"　　　　167
7 · "本人会巴结吧"　　　　　171
8 · "榜榜那头乱草！"　　　　174

◆ **第六章 美国女博士和中国老太太**

　　"奶奶做的饭,盖了帽啦,没治啦,
　　奶奶该上美国讲饮食文化去。"

　　1・我妈会变戏法?　　　　　　　179
　　2・"滚蛋包"　　　　　　　　　184
　　3・"孩子他姨"　　　　　　　　191

◆ **第七章 家中有棵常青树**

　　哪里需要就往哪里冲
　　九十岁还觉得自己没老

　　1・"救火队长"和"总指挥"　　　197
　　2・"人家来咱家就是看得起咱"　　205
　　3・配套成龙尽善尽美　　　　　　207
　　4・有妈才有家　　　　　　　　　213
　　5・树杈上夹石头,得陇望蜀　　　 216
　　6・"等大老老就不染了"　　　　 219
　　7・我们的"头衔"里有我妈多少功劳　224
　　8・"不过是懒一点儿馋一点儿"　　229
　　9・"连口水都不给哈(喝)"　　　 232

◆ **尾声・人生最大的财富**　　　　　235

第一章
曲阜"坐月子"

> 我妈是『孙子至上主义者』
> 她为了孙子什么活都乐意干

1 "哎呀，是个小子！"

加缪写道："分娩是长时间的、困难的……这种努力使我精疲力竭。"

加缪生过孩子吗？！他哪儿知道，分娩岂止是精疲力竭！

一九七〇年十月十七日深夜，曲阜县医院妇产科。

那是个动乱的年代，医生、助产士早已不见人影，临产的我被交代给来实习的赤脚医生。

若干年后琢磨，我从工作的中国医学科学院名院名医身边离开，到县城找赤脚医生接生，是不是脑袋给驴踢了？就不怕出点意外？

知道后怕时，孙女已经上大学。

什么叫分娩阵痛？切实领教才知道。

撕心裂肺，愈演愈烈，昏天黑地，无法逃遁！

在妇产科病房，我妈一直用劲攥着我的手，一声声叮咛："别叫！第一个孩子叫，以后，个个都叫！"

我想喊一声："你走开！没有'以后'！一个就受够了。"

没好意思说。怎么着也受过高等教育嘛。

"可以进产房了！"赤脚医生检查了一下，笑盈盈地说。

我妈继续紧拉我的手不放，好像她一撒手，我就从哪个门缝钻出去，不给她牛家生了。

赤脚医生有赤脚医生的好处，可以不按医院规矩办事。

模样不到二十岁的赤脚医生看着我们，笑了一笑，说："大娘，你一块儿进来吧！"

倒好像哪个村的大嫂大妈约着一起锄地！

我继续忍受炼狱般苦难，她们却悠闲地聊起来。

"大娘,想要个男孩还是女孩?"

"男孩女孩都一样啊,快惺惺的就行!"

苦撑苦熬,已进入十月十八日子时。

一声响亮的婴儿哭声!接着是……

"哎呀,是个小子!"一声情不自禁的狂喜呼喊。

"大娘,你还是盼孙子啊!"赤脚医生哈哈大笑。

我妈盼孙子,久矣。大儿媳生了个女孩,小儿媳也生了个女孩。她担心我也给她生个孙女。烧香拜菩萨求孙子,不知多少次了。嘴上不说,心理压力可够大的。害怕牛家无后。这事,我当时一无所知,是后来"家长"告诉我的。我们会说:这是老封建!可是对于一个乡居老太太,你能要求她觉悟高到哪里去!

赤脚医生把儿子抱给我看,明亮的大眼睛,眼窝像中东人那样深凹,长长的睫毛,活脱当年的"银娃娃"猫舅,长大了肯定像姥爷那张1950年国庆进京观礼照。

不是说月婴丑似驴?不是说月孩不睁眼?这小子怎么如此精神、如此俊美?我高兴得什么都忘了再问。

一系列问话,都是有了长孙的奶奶在说:

"你给俺孩子过秤,啥?七斤二两?"

"你得把胎盘给俺,俺自家埋了。"

"你管给俺孩子洗澡?不怕过了风?"

"你给俺搁婴儿室,不会跟别人家孩子混了?啥?手腕拴绳、捺脚丫?"

"啥时候抱出来让他妈妈给吃奶?"

....

赤脚医生掌控下的年月,哪有什么接送产妇、推着走的病床?赤脚医生剪好脐带,包好婴儿,送进婴儿室后,回来问我:"现在能走了吧?"

"能。"我形神俱疲地说,"不能走也没人抬,没车推呀。"

瘦弱的老妈扶着我,我重重地倚在她身上,一步挪两寸,蹭回病房。好在不远,十几步路。我妈扶着我躺下,给我盖上被子。她自己端个小凳子,坐在床边,仍然抓着我的手。我有气无力地看她一眼,我妈一脸的疼惜。

我身心俱颓地睡去,大约睡了几个小时,睁开眼一看,我妈趴在我床边的被子旁,似乎也睡着了。我刚一动,她"拨楞"一下子,醒过来。"他妈妈,你凑啥(干什么)?"

从儿子出生那一刻起,我有了新称呼"他妈妈"。

一叫就是三十几年。

2 "老妈牌席梦思"

一九六五年参加工作后,我领工资的单位是位于天津海光寺的中国医学科学院血液病研究所。自从一九六六年初,我在《健康报》发表长篇特写《李志山勇攀科学高峰》,缩写版发在中宣部刊物《宣教动态》,被毛主席看到讲过话,我就成了卫生系统有点儿知名度的"小笔杆",不断被"借调"写作:一九六六年被借到卫生部帮助写全国十年中医工作总结;然后被借到中国医学科学院编院报;一九六九年底被借到天津市卫生局"六二六"办公室,写城市医务人员下乡报道。我每天从海光寺挤公交车到小白楼上班，怀孕九个月仍然挤车。有时离站点几十米见公交车远远过来，撒腿就跑，等公交车的人笑着喊："看那个大肚子跑多快！"什么事也不当回事的往往怎么折腾也没事。我总共做过三次产检，就"到日子了"。

一九七〇年国庆节前，临产的我从天津坐九个小时硬座到兖州。

"山东大学一分三，济南曲阜和泰安"，著名诗人臧克家之子、政治系臧乐源老师的顺口溜在山东流传好多年。因为最高指示有"大学还是要办的""理工科大学还要办"，没提文科；又因为山东大学的红卫兵在济南闹腾得太厉害，二十世纪六十年代末，山东大学被一分为三，部分理科留在济南改名"山东科技大学"，生物等系合并到泰安山东农学院，文科跟曲阜师范学院合并，成立新山东大学。中文系的人都到曲阜来了。

嫁牛随牛，我不能不追随"牛司令"到圣人故里坐月子。

我们家没人参军，我的夫君没结婚前却从岳父家得个外号"牛司令"。大姐、三哥都跟我们同届,是所谓"山东大学1960届",他们看到电影里有个总打败仗的国民党司令姓牛,就开玩笑把我的男朋友叫牛司令,这一叫就叫了一辈子。后来他自己总结:"我这个司令只带三个兵,一个公开不听指挥(儿子),两个阳奉阴违(妻子和女儿)。"

牛司令骑自行车到兖州火车站接我,得意地说:"你进门就能吃上可口的羊肉!"

为表对我的关怀,他头一天从市场买了新鲜羊腿,出发前炖到蜂窝煤炉子上了。

"有这等好事?"我一边嘻嘻笑着,一边想起三年前新婚不久,因包饺子煮成面片粥两人吵成乌眼鸡的往事,抱着旅行袋,"蹦"地跳上自行车后座,奔羊腿去也。

几十里坑坑洼洼的路,我好几次差点给栽下来。

如今的青年人可能要问:怎么不坐出租车?那年月,没有出租车,公共汽车也基本不见影儿。

一小时后进入曲阜师范学院家属院,到新家门口。

从窗口冒出滚滚黑烟,空气里一股焦煳味。

"不好!"牛司令丢下我往房间跑。

鲜美的羊腿已经连锅变成了焦炭。

"哈哈哈!"我笑得快要肚子疼。

但现在还不能疼,得等牛司令再去火车站把老妈接回来。

三天后,牛司令又骑自行车去火车站,老妈挎个大藤筐坐到他的自行车后座上,筐里有差不多一百个鸡蛋。

按山东习俗,鸡蛋是产妇第一必需物。可那时鸡蛋成了稀罕物。每人每月按票供应一斤在石灰水里泡过的鸡蛋。我们俩是集体户口,石灰水泡的鸡蛋也不供应。这筐鸡蛋是老太太自己喂鸡,再一个一个给我攒起来的。

我妈一看床,立即说:这样的床不能坐月子,硌人。

她老人家哪儿知道,这因陋就简的床还幸亏牛司令急中生智、就地取材哩。

曲阜师院派给我们一间半房子,是平房,东边邻居有历史系黄云眉教授;我们的几位老师冯沅君、陆侃如、萧涤非,住在后边的楼上。我们的平房有厨房,没家具,没卫生间。牛司令在路边发现两块贴大字报的木板,又宽又大,顺手牵羊,把它们扛回,再从根本没学生的教室找了几张长凳,把两块板拼起,又寻张破桌子,新居全套家具大功告成。"双人床"虽然造成,上边只垫床薄薄的旧被子,躺上边当然硌得慌。可是,有什么办法?

"你去买几个麻袋,装上麦穰!"牛司令接到老妈的命令。

那时虽然断不了喊"割资本主义尾巴",曲阜东关大集上却卖什么的都有。

我妈把麻袋拆开,重新连缀成像双人床大小的巨型口袋,装进麦穰再缝起来。

我睡上"老妈牌席梦思",松软,暖和,舒心。

我妈做饭着实好吃哩,包羊肉饺子,皮薄馅大,一咬一包油;烙油饼,外酥里软,一层又一层,绿绿的葱叶,自己焙好擀细的花椒面,咸淡可口……这下子我可有口福了!

没想到,接下来一个月,这些好吃的东西一概不给我吃,只让吃流食、软饭。

3
按我妈规矩"坐月子"

像我这样做产妇，现在的女士大概做梦都不敢想。

我觉得阵痛后，从位于曲阜县城西郊的曲阜师院走出来，一边跟牛司令聊天，一边沿着孔庙墙根，朝县医院走。阵痛发作，就停下来扶着驮碑的龙脑袋喘息，不疼了再走。我的天！越走，疼痛发作相隔时间越短，疼痛时间越长，走走停停一个多小时，终于蹭进曲阜县医院。还算幸运，儿子没出生在圣人故里的碑林里。

儿子出生三天后,赤脚医生说:"你可以走了,产后四十二天复查!"

牛司令从曲阜师院食堂借了一辆买菜用的地排车,在资料室刘老师帮助下,把我们祖孙三人拉回家。

我妈不时给我掖一下被角。

儿子躺在我的臂弯里,一路睡到曲阜师院。

后来有人好奇地问我,山东大学最早给你什么待遇?

我说:运送土豆和胡萝卜的"专车"待遇。

头两天牛司令从邮局给我爹拍封电报"芳生男安"。

爹立即从济南寄过张下奶药方。其实根本用不着,奶如泉涌。我妈不得不一再教我:如何用手指"隔隔奶",别把孩子呛着。有句常用语叫"用上吃奶的力气",根据我的经验,这话有时是错的。我家小子吃奶根本不要用力气,轻轻一撞,"奶泉"就往嘴里"呼呼"直流,经常听到把小奶娃灌得"啊呕啊呕"的。对这一点,我妈特别满意,说她孙子"自带干粮",生来有福。

我娘从没跟我讲过做女人难免要坐月子以及如何坐月子。

我只能按照我妈的规矩"坐月子"。

规矩之一：坐月子不能沾冷水，不能吹冷风，一个月之内，不能出房门。

规矩之二：坐月子必须一日三餐只喝小米稀饭。会不会饿？不会！稀饭里放大量红糖，每餐三到五个煮鸡蛋，蘸芝麻盐。

规矩之三：坐月子不能洗头，不能洗澡，不能吃青菜，必须每天喝鸡汤或羊肉汤、鲫鱼汤，才能下奶。汤内只放少许盐，不能放任何作料，放了作料会"岔奶"。

这三条规矩据说亘古以来通用于淄博农村。当然，不适于灾荒年和没米下锅人家。

还有条规矩叫"送粥米"，谁家有了产妇，亲戚就送鸡蛋、红糖、小米。因为我在曲阜，亲戚们都免了。

我妈按照淄博农村那套习俗让我坐月子，不厌其烦，认真对待。

我每天必须至少吃十个鸡蛋，并不是一下子煮出十个，三顿饭分别吃，而是每顿饭前新煮，煮到蛋黄刚刚凝固时捞出来。我妈把它们一个一个磕开，剥好皮，蘸上芝麻盐，让我吃。

那芝麻盐，是我妈让他儿子买来的芝麻，仔细挑拣后，用水淘过，晾干，用微火炒熟，晾凉，在面板上擀成细面，再加入适量的细盐。

每顿饭我必须喝很稠的小米粥，也不是一早熬好全天的，午饭晚饭再热一热，而是每顿饭前新熬，细细文火，一定要熬出上边一层黄澄澄的米油。

我必须每天喝羊肉汤或鸡汤，只放几片姜片和盐，小火炖好。

人们常说羊肉膻气，汉族朋友不习惯吃。我妈做汉族饮食几十年，到曲阜后，完全跟猪肉绝缘的她，应该英雄无用武之地了吧？哪儿想到，人家硬是很快琢磨出如何不加香料——岔奶对她老人家可是大事——却能将羊肉做得不膻气。炖鸡汤，更是我妈的拿手好戏。

我喝这些汤吃这些肉时，不能直接吃馒头，我妈只允许我在汤里泡进一小块馒头，泡得像糊糊一样。

我问:"妈,我为什么不能直接吃馒头?"

我妈说:"不行啊,那么吃葬牙(损害牙齿)啊!"

一个月内不能刷牙,只能漱口,同样道理。

小米粥是粥,馒头也必须泡成粥!老嬷嬷怎么不把鸡肉羊肉都剁成粥?我常常啼笑皆非这样想。

"妈,我为什么不能出门?"

"可不能啊,受了风不是小事。"

"真受了风怎么办?"

"就得下一次坐月子,再好好养过来。"

那我还是老老实实不出门吧。

家人伺候月子,产妇照顾孩子,是淄博农村通用规矩。这一条,却没照搬到我身上。我儿子除了吃奶,一直由奶奶"单眼瞅着"。

我妈是"孙子至上主义者",为了孙子,她什么活都乐意干。

后来我妈去世,要修建墓地,她的长孙说:"为了我奶奶,出资出力,什么活我都愿意去干!"

我妈白天照顾我吃喝,晚上亲自搂着宝贝孙子。

夜里我给儿子喂奶时,奶奶给孙子换尿布,喂完奶,马上抱回她的被窝。

因为孙子枕着胳膊,奶奶夜里不能翻身。

"她妈妈睡觉太死,可不能叫她搂着。"我妈跟邻居刘大嫂——资料员刘老师之妻——聊天时说。

哦,怕我压死人家的宝贝孙子!原来亲妈还不如奶奶?!

刘大嫂常来看"小牛牛",永远惊艳不已,让我妈十分受用。

我妈一直盼孙子,现在终于有了如此"出挑"的孙子,兴奋不已,她说:"长孙分家还能多分二亩地呢。"

清晨,我还在那儿呼呼大睡时,我妈早就悄悄起来,把小家伙严严实实包在被窝里,轻手轻脚地洗脸、刷牙、梳头,把自己梳理得整整齐齐,把家收拾得清清爽爽,然后,到外边水池子淘米,把小米稀粥熬好,鸡蛋煮好,馒头热好。看看我醒了,倒上温水让我洗脸、漱口。我吃早饭时,她们母子俩也吃饭,小米粥、馒头、咸菜,不吃鸡蛋。

吃完饭,牛司令立即骑上自行车下乡。早出晚归,雷打不动。

因为我吃得太好,奶水太足,每天早上都有一大盆尿布放在脸盆里,有的上边有黄黄的消化物,有的上边有消化不了的奶斑。

早饭后,我妈令我躺下,把宝贝孙子稍稍离开点放我身边,免得我翻身时压着。

然后,我妈端着脸盆,拿上肥皂、刷子,到院子里公用水池上洗尿布。

用不了多久,窗前绳子上,一块一块"万国旗"迎风飘舞。

那公用水管上可都是凉水,天气越来越冷了。

晾好尿布,我妈一刻不停,或者宰鸡脱毛剁鸡,或者洗羊肉切羊肉,把肉食煮好后,文火熬稀饭,煮鸡蛋,抽空洗我每天一换的内衣和秋衣秋裤,我的衣服总是因出汗太多湿透了。然后,我妈照管我吃午饭、晚饭。

周而复始,整整一个月。

我妈根本不懂运筹学,但是她能合理地安排时间,先干什么,后干什么,中间穿插调度、统筹兼顾,嘛也不耽误。

为什么照顾产妇的活儿都落到婆婆头上？那做丈夫的呢？

忙着思想改造。大学几年不招生，教师专职接受工农兵再教育。在"极左"思潮泛滥的岁月，牛司令还得参加整党，这是知识分子自我革命的一招：上面并没人规定山东大学必须到农村整党；下面，贫下中农也没有请求知识分子来添乱。学校自觉革命，一边让党员教师到几十里外的农村帮贫下中农干活，一边整党，这样才能"灵魂深处爆发革命""斗私批修一瞬间"。白天干什么活？帮人民公社社员出猪粪。站在一人多深的粪池里，一铁锨一铁锨将猪粪扬到地面上，再跳出粪池，将粪装满地排车，送到人民公社田间地头。

一整天重体力劳动，把牛司令累得汗流浃背、疲惫不堪。

干到下午四点，"牛运清！照顾你家里有产妇，可以提前一小时回学校。"

掘了一天猪粪，再骑上几十里自行车，还有精力照顾产妇?

幸亏星期天可以休息,牛司令可以到市场上准备坐月子所需食物。

曾抱怨山东大学搬曲阜,此时却得益于圣人故里坐月子。

曲阜东关大集上,小米、鸡蛋、母鸡、羊肉,随到随买,物价又低,东西又好。

因山东大学的人到来,曲阜物价飞涨。山东大学的人工资高,觉得这里什么东西都比济南便宜。赶集赶得很惬意。

校领导大会宣布:老师们哪,到集市买东西,一定得讨价还价呀。曲阜市民对我们有意见啦。

学校盛传文字学家、书法家蒋维崧先生买小米笑话:

"请问小米多少钱一斤?"

"两毛三。"

"两毛二分五行不行?"

"不行。"

"那就两毛三分五吧。"

反正我讨价还价了!

形态像"瘦金体"的蒋维崧先生给我们年级讲过"文字学与文字改革"专题课。我至今记得他在黑板上"画"出"马"字在中国文字发展史的书写进程。

4 俺就叫"新军"

我突然发起高烧来,三十九度五。

整党的不能不请假,因为我妈坚决不让我出门,牛司令居然有本事把校医院医生请到家里来。诊断:乳腺炎。怎么办?当然得消炎,"不要让孩子吃奶了。"

"那可不行。孩子还得吃奶。"老太太坚持,医生认为不可思议。对老太太说的"越不让吃奶越会胀住奶"半信半疑。

奇迹发生:小家伙一直吃发高烧妈妈的奶,没事。

校医院护士到家给我打了七天肌肉针,没出门,没输液，居然好了。

后怕的是老太太。农村产妇发高烧，叫产后风（产褥热），十个有八个丧命。现在打几天针就没事？"科学啊！"

有时候科学跟运气并存。我能打青霉素，迄今，近八十年人生，唯有这一次不过敏，此后一直过敏，包括头孢。

圣人故里坐月子，一个月吃了近三百个鸡蛋、五六斤红糖、七只母鸡、若干羊肉和小米。

后来常埋怨牛司令：我之所以生孩子前后体重一个样儿，生一个孩子长十斤，都因为按你们家规矩坐月子！

儿子快要满月，得回天津报户口。

我们俩意见一致，给儿子取名：牛鲁原。

牛家长孙出生在鲁国平原上。多么切题，多么富有诗意！

奶奶却坚决反对："什么圆圆长长？俺就叫'新军'！"

于是，两个中文系毕业生，给儿子起了个土得掉渣的名字。

三年后,牛大哥终于也有了儿子,脚跟脚叫个"新兵"。

新军新兵非一奶同胞,却有些相像,牛司令有一次竟把"狗兵"照片认成自己儿子。原来,不管是"军"还是"兵",剑眉压俊眼,都有几分像跟军事一点儿不沾边的奶奶。

我妈比她三个儿媳妇长得都好看,面庞清秀,身段匀称。

5 "倒像杀了贼王、擒了反叛来的"

坐月子马上满月,娘家终于来人。

两年前毕业于哈尔滨工业大学的三妹,奉我娘之命来看我。

哈哈,我终于有娘家人送粥米啦!

"怎么?你自己不会上厕所,叫牛大娘伺候你?像话吗!"送粥米的共产党员瑞真坐下没一会儿,勃然大怒,把我从床上拽起来,"别躺那儿装洋相,走!我陪你去!"

去就去!我一骨碌爬起来,早就不想在这儿"装死躺下"啦。

姐妹俩嘻嘻哈哈往门外走。

我妈心急火燎拿条围巾在后边追。

"她三姨,不行啊,受了风啊!"

出笼之鸟早就飞远。

呀,一个月工夫,树叶差不多掉光啦!

没受风的我得寸进尺:"妈!我既然能自己上厕所,可以直接吃馒头了吧?"

"那就……先吃半个吧!"回答得有点儿不情不愿。

三妹回家,把我如此这般坐月子报告我娘。

我娘说:"这个死科子!不怕天上打雷劈了她?"

我回天津途经济南,被我娘结结实实训了几句:"长本事啦?你现在'三张纸画了个鼻子——好大一张脸!'这是哪家的规矩?小辈四仰八叉躺在那里,叫长辈跑前跑后伺候?不就是生了个臭小子,又不是下了龙蛋!"顺口把《红楼梦》里的话说出来,"倒像杀了贼王、擒了反叛来的。"

我娘总一语中的。

旧时代女人"母以子贵",我这个新中国大学生,竟然也因为添个臭小子,很长一段时间,被婆婆娇纵,自己骄纵,快要找不着北了。

第二章
相伴海光寺

大学毕业生对生活的难题一筹莫展
农村老太处理得漂漂亮亮游刃有余

1
"他妈妈啥也不会"

休完五十六天产假,我得带儿子回天津。

我妈毫不犹豫,跟我一起去天津。

她甚至没有回趟淄博,安排一下家事。

她怕自己走了,我玩不转。

整党的还在那里"先人后己",不能护送我们。

我们的安乐窝,我一走就易主。全部"家具"包括老妈牌席梦思,转交中文系另一位老师。他的妻子从农村来了。

牛司令重回教工集体宿舍,重做"单身汉"。

我当时年轻，没社会经验，根本想不到跟我到天津去，对我妈是多艰难的决定。

到儿子这儿"伺候月子"是一回事，丢下两个十几岁女儿，让她的婆婆照管，自己陪伴儿媳妇到千里之外过几年，是性质完全不同的事。

时隔多年，我才体会到：我妈丢下十几岁的女儿去陪伴儿媳妇，多不容易！

二〇〇三年，我的宝贝女儿在国内念完硕士去欧洲读书，济南和欧洲有七个小时时差，我每天半夜上网跟女儿"见面"。我带的博士生、硕士生发现了这个秘密，知道他们的导师也叫"胖妈"，遂把我的晚间寻女变成他们的夜间答疑。

那阵子，如果哪一天没在网上遇到女儿，我就觉得天快塌了。

而一九七〇年底跟我到天津的我妈，多少天没法跟女儿联系！

我妈跟我走，难道就是因为"他妈妈啥也不会"？！

就算我笨吧，我们马家四姐妹，有哪个是家务达人?

二十世纪六十年代,大学生比较稀罕,女大学生更稀罕,马家四个女儿都是名牌大学生,都不会做家务。

人生常会治一经,损一经。我娘笃信"万般皆下品,唯有读书高",女儿都得跟儿子一样上大学,从不教女儿做家务,认为将来成了家可以干中学,学中干。如果真是那样,我们姐妹有孩子后在家务上全靠自己"摸着石头过河",得吃多少苦?还不累它个鼻青脸肿?还不得牵扯得业务上不去?怎么可能业务上个个独当一面,人人高级职称?

一九五六年五十岁的我娘曾照顾过长孙,这个从山西送来的侄子"大耳朵"后来成为心脏外科专家。到二十世纪六十年代末,我娘早就是末期心脏病,她想不到自己年老病多、没能力照管亲生女儿生儿育女时,四个女儿人生中,齐刷刷冒出四位"大娘"。

马家兄弟姐妹这样称呼:

大妮的婆婆叫"刘大娘";

二妮的婆婆叫"牛大娘";

三妮的婆婆叫"叶大娘";

小妮的婆婆叫"朱大娘"。

另外三位大娘是不是像牛大娘那样伺候月子,不得而知,但四位大娘不约而同都对不会家务的儿媳妇很宽容。吃斋念佛的刘大娘跑到青岛照顾后来保送清华的孙女;叶大娘从南方跑到北方,又把后来的美国微软工程师带回宁波老家;朱大娘一直带着小妹后来做美国法学博士的女儿,还在街坊那儿留下句表扬儿媳妇的名言:"俺小马霞除了不会干活,什么都好!"

四位大娘中跟儿媳妇共同生活时间最长的,当然还是"牛大娘"。

2
到哪里也是好人多啊

我们回到天津时，天已经很冷。我在血研所党委宣传部工作时的要好同事李裕学、施性海，还有单身楼朋友、著名血液学专家王荷碧到车站接我们之前，已替我把火炉安好，烟囱装好，蜂窝煤备好，把两张单人床拼起来，做成个硕大双人床，他们还到总务科要来张饭桌。遗憾的是，天津买不到麻袋包和麦穰。不过，新安乐窝总算什么也不缺。我需要做的是必须我本人做的事：给儿子报户口，然后拿着配给单子，推个同事的儿童车，花四块钱，把配给我和儿子的两百斤天津绿大白菜买回来。

这两百斤天津绿是我们整个冬天的蔬菜。

当时我妈还是农村户口，买粮需要用"全国粮票"，经常是在淄博工作的"牛老大"千方百计淘换来寄给我。全国粮票带油票，我们也就有了炒菜的油。那么点子油不过是清汤寡水，不利于带奶娃的人，最好的办法，还是得吃肉。

我们血研所食堂本来办得特别好，可惜我带儿子回天津时，已时过境迁，不复繁盛。而且大食堂的饭菜也不适合带奶娃的人吃。

我妈特地从曲阜带些小米来，我自称合格的科斯特洛姆大奶牛，喝米汤，孩子也有奶吃。

如何让我吃好，成了我妈的最大心事。可天津不是曲阜，找不到集市，买羊肉需要回族肉票，我虽是回族，却是集体户口，上哪儿去找肉票？

到了天津，我"素食"几天，老太太就跟我嘀咕了几天。

"这么大个城市怎么还不如乡下呢。"我妈认为曲阜是乡下，有乡下各种便利。最便利的是随时能买到她儿媳妇吃的羊肉。

我妈在那里嘀咕,我心里觉得好笑:一个淄博农村老嬷嬷,在什么都凭票供应的天津卫能想出什么办法?

"你到街上看看,有没有卖羊肉的。"

"有啊,可是我们没有肉票。"

"买骨头也要肉票?"

"买骨头干什么?"

"熬汤。"

在多伦道几条街道"调研"后,我发现好几家卖牛羊肉的。

有一家店果然堆着些羊骨头,脊梁骨、腿骨、肋骨。

我客气地问女服务员:"大姐,您可以把骨头卖给我吗?"

"你为什么不买肉专买骨头?"

"因为……"

我如此这般一说,服务员笑了,把骨头都搬到秤上,一边称一边说:"过三天再来,还有!"

奶娃的妈妈喝上了羊汤。

过三天再去,服务员称完骨头说:"有块肉可以卖给你。"

"我没有肉票。"

"每天都有点儿机动的肉。你那天来时,我已经用完了。"服务员一边给称好近一斤精肉,显然是羊大腿,一边顺手撂上块白花花的东西,笑嘻嘻地说,"我也有吃奶的孩子。"

我妈一见那块羊肉,像见了久别的亲人。那个高兴劲就甭提了。

我捏捏那团白花花的东西,好奇地问:"妈,这是什么玩意儿?"

"腰窝油,好东西啊。"我妈费好大劲,才让我明白,羊肾脏周围有团油,包饺子不仅得有瘦肉,更得有点儿肥的,而腰窝油最好。

哈哈,有羊腿肉,有腰窝油,有天津绿,买点面粉,我又有饺子吃了。

我妈听了我的买肉奇遇,叹息:"哪里也是好人多啊。"

有吃奶娃的女服务员成了我的肉食专供。天下母亲心连心。

我后来离开天津时，专门去向那位始终不知名姓的服务员告别。

3
海光寺的"芭比男娃"

我们从曲阜走时,我妈已给孙子做过几件衣服,又让她儿子买了好多棉花带着。

到天津后不久,我妈问:"有布票吗?"这个倒有。

我们到了劝业场。在卖布的柜台前看来看去,我妈掂量来掂量去,先让我扯块深蓝色的布,说给我做棉裤,又让扯两段颜色深浅不一的蓝色碎花布,说给小狗蛋(儿子属狗,被奶奶叫"狗蛋")做衣服。我说:"臭小子,用什么花布?"得到回答:"这么小的孩子,管什么男女,这块布布幅宽,布票合算,钱也合算。"

接着，我妈又琢磨上几块颜色不一的布头，问服务员，布头用不用布票？知道不仅不要布票，还便宜。我妈让我买下来。

哈哈！骨头不用肉票，布头不用布票。在什么东西都靠"票"的年月，一般年轻人钻研不出这样的学问，像我这样的书呆子，更琢磨不出这种省票妙招。

但是，骨头可以熬汤，布头能做什么？又不是和尚做"百衲服"！

已经有好几个中年女士把几块布头拿起来左量量右量量，然后都恋恋不舍地放下，有一位还用天津话说："合算是合算，可是，嘛也不成用！"

我们捡破烂啊？老太太这是玩儿什么戏法？

什么布能做什么衣服，我两眼一抹黑。

孩子需要做什么衣服，我满头雾水。

怎么样给孩子做衣服，我更一窍不通。

从商场回来，我妈将布料下水，晾干，然后剪裁，絮棉花，飞针走线。

我抱着儿子傻乎乎地看着，像看魔术师变戏法。

我妈一边絮着棉花，一边津津有味地回味商场阿姨们怎么夸她的宝贝孙子……

"俺孩子就是出息，就是喜人，一百个也挑不出一个。"

幸福得一塌糊涂。

几天工夫，儿子的两件棉袄三条棉裤，都做出来了。

外表蓝色碎花布，絮曲阜新棉花，里子用布头。

我妈还用剩下的布头给我缝了两条内裤。

儿子的棉裤真好看！全身都是蓝色小碎花，上边是颜色稍微浅一点儿的圆领夹背心，下边连着颜色稍微深一点儿的开裆连脚裤，简直像艺术品。老太太挺会审美啊。

漂亮的小男孩，漂亮的小棉袄，漂亮的带背心开裆连脚裤，成了海光寺大院一景。

这个大院集中了全国各名牌医学院毕业生，因为搞运动不搞学问，婴儿正如雨后春笋般冒出来。大家都用不起保姆，也不允许"资产阶级化剥削劳动人民"，看娃奶和看娃姥，在这个知识分子扎堆的地方，渐渐形成越来越大的群体，经常交流看娃经验、攀比显能。

儿子的婴儿服太实用，太好看，做得太精巧了。

有人上门学艺，有人拿着布料求剪裁，我妈来者不拒。

我妈抱着孙子在海光寺操场看风景，他们自己成了风景。

常有女医生、女研究人员，老远看到他们，就一边跑一边叫着"小牛牛"，飞奔到我妈跟前抢孩子抱，逗他玩儿。

绝对不是吹牛，本人的"芭比男娃"，上千人研究所里少见，抱娃娃的俊秀巧手奶奶同样少见。

"叫阿姨！"阿姨们总这样逗娃娃。男孩嘴笨，我儿子直到一岁才会叫"妈"，不像他的妹妹燕燕（大名牛晓燕，又称牛晓），七个月就会，更不像他自己的女儿阿牛，四个半月就会。

我妈在那儿做棉裤，做了一件又一件，我百思不得其解，问："为什么做三条棉裤？"

我妈说："得提防他给你尿了，屙了，得有的换。"

果然，这小子的棉裤几乎每个星期都得拆洗重做。

孩子长得快，这样量体做衣，得做多少件？再到处找布头去？

不久，我发现，原来我妈早就暗藏"机关"，棉袄棉裤几个部位都折起一段布，随着孩子长个儿，拆洗时放出一点儿。儿子的棉衣棉裤从三个月大时一直用到一岁多。

这不叫心灵手巧，什么叫心灵手巧？

当我这样的大学生笨得像牛一样，对生活难题一筹莫展时，我妈这农村老太太处理得漂漂亮亮、游刃有余。

天津这么冷，如果我妈不跟我来海光寺，我非得把儿子冻成冰棍不可。

那个时候可不像现在，根本没有什么卖裸裤、卖婴儿服的。

即使有卖的，凭两个大学毕业生那点儿工资，也买不起。

我妈给我做的棉裤，好长时间被我放到壁橱里，怎么催也不穿。

凭什么呀？我的同事都穿毛裤、绒裤、呢子裤，苗条秀丽，风度翩翩。就我穿个土不拉几的棉裤？我是山东"老缅腰"？

山东人讽刺哪个人土，就说"老缅腰"。棉裤腰又大又宽，穿的时候在腹部左右缅起来，再扎上块大粗布带子。不管男女都像怀孕六个月。

其实我妈给我做的是制服棉裤，不知她怎么琢磨出来？照猫画虎我的单裤？

我坚持穿条旧毛裤，透风撒气，一点儿也不暖和。

怕什么？反正年轻，不是说"孩子腚上三尺火"吗？

大雪扑簌簌落下，屁股上有六尺火也没用了。

我偷偷地把棉裤换上，咦，又轻又暖！

忽然想起我娘讽刺我们冬天穿得少冻病的话："俏人不穿棉，穿棉发疲汗。"

我娘如果知道我这段棉裤段子，又会说什么？"这个死科子就是又笨又犟！"

4
幼儿急疹和加急电报

儿子在曲阜落地时七斤二两,满月时十斤二两,一天长一两。到了天津,没法过秤,只看到他像气吹糖人,一天一天长大。几天一个样儿。

刚到天津时,我妈喜欢把他放在床边,脚丫子几乎与床边对齐。反正他还不会翻身,掉不下来。我妈不给他的宝贝孙子包尿布,说"白天晾晾腚"。只在两腿间放块尿布。那小子似乎有多动症,看着天花板,一停不停,四脚乱蹬,手舞足蹈得极有规律,好像现在电视上那些训练有素的舞蹈演员,舞一会儿,大喊一声"咳",继续舞蹈。过一会儿,撒尿了。一道清流射地面,拿地板擦拖一下地就成。我妈连洗尿布都省了。

六年后我有了女儿,几十年后既有了孙女,也有了外孙女、外孙,认真观察,哪个孩子在百天之内也不曾像我儿子这样手舞足蹈。真可惜当年穷得连相机也没有,更不要说录像,当年舞蹈场面没拍下来。

"狗蛋的头挺直了……"

"狗蛋坐得好好的……"

"小东西会翻身了……"

一个一个,我写信告诉牛司令的,都是好消息。

"儿子发高烧了!"此时,儿子刚满六个月。

反正自己研究所就有附属医院,马上抱去看门诊,开了"最好的退烧药",还有消炎药。

狠下心给儿子灌药,连灌四天,仍然是高烧不退。

请教邻居——上海医学院毕业的妇产科医生赵中贞,分析说:孩子满六个月,从母亲身上带的抗体不管用了,这个时间,就是该生病了。

请教儿子的干妈,二十一世纪赫赫有名的全国治疗硬皮病权威苑勰教授，当时她正用开司米毛线给她称之为"我的儿子"的狗蛋织小毛衣，她也说不出个所以然。她没有育儿经验，这位附院皮肤科医生虽然比我大七八岁，当时人家还没结婚呢。

再问小儿科，说的跟妇产科医生是同一个理论，孩子该生病了。我说，孩子生病，你们总能治吧，为什么死活不退烧呢？医生也说不出个所以然，还很疑惑：最近并没有流感，你这个做母亲的也没感冒啊。

"不行不行，我可撑不下去了，得把他爸爸叫来！"我对我妈说。

"你沉住点气。孩子不就是发点烧，没别的毛病。不是嗓子和什么体（扁桃体）都没事嘛。他爸爸来能干什么？"我妈坚决不同意我的主意，非常实际地加一句，"白搭上来回火车票钱。"

在那时，兖州到天津来回火车票钱，对我们这样的"月光族"来说，可不是小数目。

儿子脑袋还是火烫，我急得像房子着了火，傍晚，跑进邮局拍加急电报。

回到家，看到奇怪的一幕：我妈把宝贝孙子用小薄棉被紧紧包着,喂他喝水,喂完,仍然紧紧搂着孩子,坐在床上。

咦,用得上《红楼梦》那句话:这是什么像声儿?

我有点儿恼火地发现:我妈又在给他孙子喝白开水!我从来不允许,孩子必须喝我精心配制的"营养水"!但此刻我心劳力拙,没心思管这水那水了。

"我给他捂捂汗!我就不信不能退烧!"我妈说。

我心想,行啊,你老嬷嬷比大夫还能?你乐意抱着,你就抱着吧。这几天我可累熊了,我先睡会儿。明天他爸爸来了,我就跟他一起坐火车抱他儿去北京,协和医院。

大约夜里两三点钟,睡梦中觉得有人推我,我昏昏沉沉地问:"干什么?"

"给吃奶。"

咦,孩子的嘴不那么火烧火燎啦!

我迷迷糊糊以为自己在做孩子退烧美梦,喂完奶,又迷迷糊糊睡去。

天渐渐放亮,我妈和她的宝贝孙子安安静静躺在他们的被窝睡得正香。

我伸手摸摸儿子额头，哟，体温正常了！

再仔细一看，脖子上一片红点。

我的天，这又是什么？悄悄掀开儿子睡觉穿的"和尚服"小褂看，胸前背后，都是红点！

可了不得啦！这又是怎么回事？难道中国现在还有天花吗？

学文学的愚人，遇到孩子病时，总往最凶险的病上想。

急脚蟹般把准备上班的邻居妇产科赵大夫硬拖到家里来。

"哟！原来不过是幼儿急疹哪。"赵大夫看看娃娃，笑出声来。

我动手想抱起孩子。

"你做什么？"赵大夫奇怪地问。

"去小儿科。"

"还去什么小儿科？甭找那帮废物垃圾堆！连幼儿急疹都估计不到！老老实实在家待着，多给孩子喝点白开水！"

上海俊女用南方普通话来了番言简意赅的儿科常

识：幼儿急疹是满六个月后婴儿常见病,持续高烧约五天,红疹一出就退烧,什么后遗症也没有,终身免疫。

"对啦,注意着点儿,别叫孩子把皮肤抓破了。"

那个做爸爸的火急火燎赶到时,他儿子在床上笑嘻嘻正玩得高兴。

"你就是这个熊样!"一路上被我吓得灵魂出窍的牛司令忍无可忍地怒吼,"见风喊雨,落叶山倒!"

我也朝他怒吼:"你自己带带孩子看!"

嘿嘿,是我"自己"带孩子吗?

"幼儿急疹和加急电报",成了海光寺大院的著名笑话。

给"造反派"罢官的老书记在院里遇到我,假作惊讶地打招呼:"哟嗬!没抱小牛牛去协和医院哪?"

"狗大爷,你这个'走资派'还在走啊!"我笑嘻嘻地说。

"三八式"从燕京大学中文系投笔从戎的所党委书记被"造反派"命名"反党反社会主义的走资派狗王磊"。

"我走得可没我狗侄女精彩。喂,中文系的,多棒的'过五关斩泥人'情节啊！小牛崽给苍蝇踢了一脚，千里迢迢把老牛牵了来！再写篇文章上《健康报》头版吧，题目就叫《幼儿急疹和加急电报》。"

老书记及围绕他发生的许多趣事，他信口而出、充满人生经验和智慧的妙语，后来成了我早期小说、报告文学重要内容。我第三部长篇小说《感受四季》中励精图治的泗海大学党委书记铁磊，被评论家称为"新时期文学新形象"，他的身上仍然有血研所党委书记的影子。

青葱岁月记忆可贵，中文系毕业生的医学所光阴不算虚度。

5
我妈跟我怄气

我妈唯一一次在海光寺跟我怄气,是为她宝贝孙子如何喝水。

我儿子的奶瓶,是从所医务室要的,输液用过的玻璃瓶。

我每天做的唯一家务,是把两个奶瓶煮开,消毒。然后,按照研究所女士们传授的育儿经验,在儿子的水瓶里,加进各种营养物:碾碎的钙片、维生素片、少量白糖。

儿子奶瓶里的水,像各种混悬物组合:黄颜色是维生素B，白颗粒是钙粉和维生素C。我另外再用吸管往儿子嘴里滴浓缩鱼肝油。

我尝过我儿子的"营养水"，比较难喝，但我坚持给他喝，生长必要嘛。

我妈有时在我未把各种添加剂加进水瓶时，趁我不备，给她孙子喝单纯温开水。这事，成婆媳争执的焦点。

"孩子多喝点儿白开水，不上火。"我妈说。

"白开水里什么营养也没有！"我说。

有一天，我外出回来，丢下书包，一回头，发现我妈又在给她孙子喝什么也不加的白开水。

我像出膛炮弹蹿过去，一把将瓶子抓下来，气哼哼揪下奶嘴，往瓶子里倒添加剂。

好脾气的老妈，这次真受不了啦！

我妈气呼呼地坐到窗前，板着脸，一声不吭，连看我一眼也不看。

我从没见过我妈这样对我，一时惊慌失措，吓傻在那儿。

恰巧好朋友苑鳃来了，问我妈："牛大娘，怎么回事?"

"就不给俺孩子清清亮亮哈(淄川话:喝)一口水!非得给俺哈(喝)这钢稠钢稠(淄川话:非常稠)的壶锈!"

我妈明明知道我给儿子水瓶加的是各种营养,却说什么"壶锈"。

听了这天才的形容词,我忍不住笑起来:"哈哈哈!"

我妈冲我斥一句:"还有脸笑!没正形!"自己忍不住也笑了。

"牛大娘,您甭理她。她是个什么也不会的浑球,就知道死搬教条。我儿子可仗您照顾。"苑大夫笑盈盈几句像唱歌一样的标准普通话,叫老太太听着,要多舒心有多舒心。接着她又对我妈说,"就该叫这个没心少肺的家伙自个儿带带我儿子试一试!"

我儿子成了她儿子,苑大夫成了乌鸦嘴。

6 淄川民谣和手擀面

没过多久,牛大哥从淄博打来电报:家有急事母速回。

这下子,我真得自个儿带带儿子试一试啦。

李裕学和施性海把我妈送到火车站。老太太临走,一百个不放心,对几位邻居,也是看孩子老太太,千叮咛万嘱咐,拜托她们伸把手,帮帮"他妈妈"。

那时,我原来住的单身职工宿舍,已陆续住上好几户带孩子夫妻。大家的房子都是既无卫生间也无厨房的单间,在走廊上用蜂窝煤炉子做饭,在楼中间公用水池洗洗涮涮，男女厕所边各有一大排自来水管。这些住"单身楼"的人，关系非常好，各家各户门户开放。

我妈匆匆离开天津回淄博时，我儿子十个月大了，我第一次给他洗尿布，也第一次洗自己的衣服。

趁着儿子睡觉时洗，端着脸盆，像做贼一般悄悄从房间溜出去，仍然开着房门，一边在水池子上洗东西，一边侧耳听着自己房间动静。儿子会不会突然醒过来？哭几声倒没事，可别从床上栽下来摔成个脑震荡！

头两天，我过得不错，去食堂打点儿饭回来。我吃，也给儿子吃。

儿子居然接受成人食堂的粗茶淡饭。不错！

我这不是挺能干挺厉害？一人独撑局面！

抱了儿子到操场上逛，总有人问："奶奶呢？"

小吃货仅仅吃奶已经不行，奶奶已给他加了些易消化的东西。

都加了些什么？怎么做的？哦，手擀细面条！

我妈常将我儿子放在床的最里边，随便他或坐或爬，她和个小小面团，将从院子捡来的小黑板——已洗净改造成小面板——铺在床上，动手擀面条，一边擀，一边念念有词：

东打箩，西打面。
小狗蛋，来吃饭。
什么饭？吃杂面。
谁擀的？老红眼。

儿子乐得笑嘎嘎，又是拍掌，又是嘴里咿咿呀呀说只有自己明白的"婴儿话"。

可是不能总"打面"啊，于是，又唱：

小老鼠，上灯台。
偷油吃，下不来。
吱呀吱呀叫它老奶奶，
叽里咕噜滚下来！

小叭狗，戴铃铛，

钢嘟钢嘟到集上。

待吃桃，嫌有毛，

待吃杏，又嫌酸，

待吃栗子面单单。

东山上有只狼，

西山上有只羊。

东山上的狼，

要吃西山上的羊，

西山上的羊，

躲着东山上的狼！

什么叫"含饴弄孙"？看我妈笑眯眯瞅孙子的眼神就明白了。

我妈虽然不认字，但头脑冷静，思维清晰，口齿清楚。我曾想，老嬷嬷如果多读几年书参加工作，在党务部门有可能当个统战部部长，在政务部门有希望混个工会主席。

7 蒸嫩蛋变成蒸钢蛋

我不会做手擀细面条,更不会唱又是狼又是羊又是老红眼的儿歌,只能继续指望单位食堂。

我妈走后第三天,那小子就对食堂饭一点儿也不感冒了。给他吃包子,把头扭到一边;给他喝稀饭,给你吐出来。

我想起来了,也不一定给这小子吃什么手擀细面条啊。我妈常给这小子蒸鸡蛋,天津小南门早就有黑市卖鸡蛋了。

家里居然找出好几个鸡蛋。

好哇,瞧瞧本大厨的本事!

我按照司空见惯的老妈做法,锅里加上水,碗里打上蛋,加点儿盐,再加上比鸡蛋稍微多一点儿的水,炖到炉子上。

无师自通,本人也炖它碗鲜嫩鸡蛋!

三天工夫,我的炉子已灭了两次,都是邻居大娘夹来她们熊熊燃烧的煤,帮它复活。

我把儿子放到床上,外边挡上枕头、被子,免得他掉下来。

儿子在凉席上爬来爬去地玩,那时孩子没有任何玩具,我儿子最爱的"玩具"就是我们的锅,已经被他敲得快变形了。现在可不能让他玩,做着饭呢。

得到门外按我妈的办法把正蒸的鸡蛋搅一搅,这样熟得才均匀。

嘿嘿,我多能?什么事,一学就会!家务事,小菜一碟。

我一边在门外搅鸡蛋,一边探头往屋看,臭小子可别滚下来!

咦,那小子在干什么?手里抓的是什么?

他自己刚刚屙下的屎尿!

我惊叫一声,丢下锅盖,跑进房间,一只胳膊夹起儿子,另一只手折起凉席,往楼中间跑。

我把凉席丢在男厕所边的长排水池上,把几个水管子同时扭开,让它们冲、冲、冲!

我把光腚猴儿提溜到女厕所水池子上,正想照此办理,被人喝住了。

"姑娘!可不兴这个样儿!再热的天,孩子也不能用冷水冲。你等等。"南方来的尤大娘正在洗尿布,说完这话,飞跑到我的房间,把脸盆、暖壶、毛巾都拿来,帮我把儿子擦洗干净,又把脸盆等送了回去。

哈哈,这可真叫"远亲不如近邻"。

这是本楼层老嬷嬷间形成的人际关系。

我哼着小曲儿,抱着儿子,提着席子回房间。

炉子上的锅已经烧干,幸亏还没煳成焦炭。

鲜嫩的蒸鸡蛋变成"蒸钢蛋"。

几天后,盼星星盼月亮,终于把我妈盼回来。

原来不过是她娘家兄弟娶儿媳妇!

哼,什么了不起的"急事",坑得我差点成高血压。

还是二位好友到火车站接回我妈,老太太提着鸡蛋筐进门,抱起宝贝孙子亲了又亲,说:"瘦了点儿,没磕着,没碰着,没长病,挺好。"

奶奶暂离几天,孙子磕不着碰不着没长病,是对做妈的最高要求。

8
人生若只如初见

海光寺在天津非常有名。抗日战争时,海光寺是侵华日军兵营。中华人民共和国成立初期叫"解放军259医院",后来以集体转业的"259医院"为基础,成立当时国内唯一的血液病研究所。我到所两年后,"造反派"把这儿搞得一塌糊涂。我原是党委宣传部人员,先被发配到"北楼"研究室喂了几个月小白鼠,再让我到厨房劳动,后来又把我借给天津市卫生局。那时,上级要求"备战",重要科研单位迁往大三线。我带儿子回到天津不久,这个所又要南迁。去哪儿?

四川绵阳。

双职工，没说的，一起走；

夫妻另一方在天津的，没问题，调上走；

夫妻两地分居的怎么办？

有调进价值的，调到绵阳；

没有调进价值的，继续分居就是。

既然我这个中文系毕业的职工都一次次借给外单位，那位中文系青年教师就更没有调进价值了。

牛司令那边的情况呢？大学不招生，老师没事干。学校不搞科研，天天瞎折腾：斗私批修，扛着锄头学大寨，背起背包去"拉练"……

牛司令做出人生一次重要抉择：两人一起回淄博。

我要求调动工作。革委会不说放，也不说不放，"研究研究"。

对医学所来说，我这个文科生连食之无味、弃之可惜的鸡肋都不如，可是一旦放了我，许多研究人员都会攀比，会跑掉。

"吾非瓠，岂能系之？"我常"歪用"《论语》。

我不是只可以挂着的葫芦，却给"挂起来"，一挂几个月。

所里大部分人都走了，一些被"挂着"的留在荒凉的海光寺。

曾灯火通明的办公楼"西楼"，一片漆黑；

曾成果累累的研究室"北楼"，蛛丝儿结满天花板；

曾笑语喧哗的卫校"东楼"，姑娘们都不见了；

…………

我天天找"留守处"，在三座楼间的操场徘徊，等"研究"结果。

秋去冬至，冬去春来。

儿子会说话了……

儿子会走路了……

终于……允许我打道回老家去了！

老书记和施性海夫妇已经到绵阳去了。儿子的干妈苑䴙大夫已跟北京铁路局局长结婚，中国医学科学院本系调剂，就进了协和医院；儿子的"炮伯伯"李裕学，外号李小炮，跟妻子小王，随附属医院集体回部队，成了"最可爱的人"……

李小炮夫妇替我力争的结果，是留守处同意把去绵阳职工享受的、大约一米二见方的大木箱也分给我一个,让我把全部财产——被褥枕头凉席衣服、锅碗瓢盆,还有当年我娘陪嫁的小樟木书箱,以及《毛泽东选集》《鲁迅选集》《红楼梦》等——装箱。

那块立下大功的变身小面板的小黑板,咱们就拜拜啦。

那个差点儿被我煮煳的锅,被儿子当玩具敲得几乎变形的锅,我不舍得丢掉,把它带回淄博,又用了好几年,还换过一次锅底。

我们兴致勃勃在房间准备行装,谁都没注意到猴儿样的儿子哪儿去了。

走廊上传来男孩的哭声。

跑出房间一听,在楼梯上!

儿子从水泥楼梯口滚到楼梯中间,正趴在地上翘着脑袋和双脚哇哇大哭。

我吓傻了,什么还乡不还乡,何论团聚不团聚,如果把儿子摔坏,什么都是瞎子点灯白费蜡!我连命都不想要了。

我急忙跑到儿子滚下去的地方,抱起他,坐在楼梯上哭起来。

我妈连忙招呼我把儿子抱回房间去,她揽到怀里,一边念念有词"揪揪毛,没吓着",一边仔细摸摸头,看看脸,都没有伤,拉拉胳膊,不哭,拉拉腿,也不哭……

我不哭了,认真看着这套验伤程序。

我妈叫小家伙试着走走看。

那小子在房间里跑得飞快。

漫卷诗书喜欲狂,青春作伴好还乡!

这一年,我三十岁。

我妈到曲阜照顾我坐月子时,满头青丝似墨染。

我妈从海光寺回到淄博时,鬓边几根银丝雪亮。

我再次回到已从绵阳迁回海光寺的血研所,跟好友重聚,是二〇〇五年我到《百家讲坛》说聊斋后的事了。朋友们问起小牛牛,我说,早就大学毕业,已为人父,人家的宝贝女儿都能纠正奶奶的四声了。问起小牛牛的奶奶,我说,九十二岁了,挺硬朗。朋友们聊起当年种种趣事,笑得开心,笑得灿烂。

人生若只如初见。

与血研所同患难的朋友,是一辈子的交情。

我妈跟我相伴海光寺,是一辈子的温馨回忆。

第三章
淄博田园生涯

回故乡如鱼得水似鸟归林
有娘又有妈『富养』多好

1 儿女身边站,满耳皆乡音

牛司令给淄博市委组织部和人事局写信,要求回故乡工作。

贫下中农出身,共产党员,山东大学三十二岁教师,被接受顺理成章。

一九七二年早春我到淄博时,牛司令已在市广播局上班,暂住市招待所。

我被安排到《淄博日报》做编辑,后来知道具体安排者是副社长曹奎春。

二弟夫妇愿意回故乡工作,对大哥是天大好事,因为母亲回来了！

我们被安排到既能安居乐业又有机会发挥特长的单位。

我们夫妇的新单位，对中文系毕业生来说，比较理想。

更加理想的是：广播局提供了在当时相当舒适的住房。

广播局转播台外边有两排平房。分给我们的是西北角一套。里外两间房子，开间很大，中间没有门，可以挂帘子。前后有院子，前院院中盖了厨房，两家一个共用水池，公共厕所在第二排平房西边。

我妈像献宝一样把她的宝贝孙子抱给长子看。

牛老大端详来端详去，喜爱之极，顺口来个淄博男士单音粗话。

牛斗立即鹦鹉学舌，学得不太准确，也是个单字："套！"

全家哄然大笑。

儿子早就叫"牛斗"了，"新军"名字，除了转户口用，基本没人叫。在天津时我们一口一个"狗蛋""狗狗蛋"地叫，后来就叫成了"斗斗蛋"，再后来，到天津看病的小姨在我家小住，直接叫"斗斗"。牛新军从此定名"斗斗"，又叫"牛斗"。

牛斗，多好的名儿！牵牛星和北斗星，天上最明亮的星。比"牛新军""牛鲁原"都好。

后来牛斗的表妹朱虹上小学，老师在课堂上提问：

"谁知道天上最亮的星是什么？"

朱虹马上举手回答："是牵牛星和北斗星！"

老师问："你怎么知道？"

朱虹回答："我表哥叫'牛斗'！"

到淄博，我被边缘化了，办事决策都是牛家母子。

牛司令跟邻居商量房子如何整治，根本不问我的意见。

我妈轻车熟路在新厨房忙着做饭，从来不问我做什么。

他们不问道于盲，修房、做饭这类事，我弱智。

俗话说：天塌了，自然有高个子顶着。

不久动工，广播局新同事、新邻居都来帮忙。

高高的房顶先用葵花秆、高粱秆在屋檐高的位置横三竖四搭上架子,再用一层一层报纸糊上,外层糊上油光纸,做成虚棚。夏天可以隔热,冬天可以保暖。

坑坑洼洼的地面,抹上平整的水泥。

我妈从厨房给"匠人们"端出一盘又一盘的菜。

我娘每顿饭做菜不会超过四个,马家吃饭,从不"七个碟子八个碗"。

我妈做的菜,五花八门、五光十色,看得我一愣一愣的。

招待客人吃饭,应是名义上我这"家庭主妇"的事,可我会做什么菜?一样也不会。

我妈回到淄博,惬意得很,儿女身边站,满耳皆乡音。指挥哪个孩子干什么事,跑得比兔子还快。

我儿子却适应不了。怎么,周围都是不认识的人?说的都是听不懂的话?

记不得是回淄博第几天,儿子突然发起邪来,中午怎么哄也不睡觉,哭着闹着找炮伯伯!找苑阿姨!

一个在天津,一个在北京,我怎么给他找?

灵机一动:"打电话!"

我抱着哭闹的儿子跑到转播台传达室,拿起电话，捻住话机上搁话筒的弹簧，煞有介事地对着话筒说："喂喂！你是炮伯伯、苑阿姨吗？斗斗想你们了。什么？你们在值班？下了班就来跟他玩？叫他先睡觉？"

儿子抽噎着，放心地睡了。

原来，"哄小孩"就这么容易！

几天后，儿子已和新邻居小朋友玩成一片，也"打"成一片。

如果哪个小妞哭了，甭看，多半是我家小子正揪着人家的小辫呢。

2 "扔崩一走"

我上两个月班,得个新称呼"马编辑",管教育、卫生、妇女、儿童四个版面,有时需要下乡采访。编辑大多是工农干部,偌大一个报社,只有四个大学生,我是唯一的女大学生。管文教的编辑室副主任老张干脆直接叫我"大学生",一下子叫响。老张请假搞创作,另一个编辑室副主任老孙代管文教,人家是烈士子弟,虽然是曲阜师院毕业,却不进我们"臭老九"行列,也没人敢叫他"大学生",在当时,那是带点歧视意味的称呼。

在中文系读书我没有学过编辑业务，如何做编辑，两眼一抹黑，写稿子编稿子倒也罢了，早就会，组版画版却一窍不通。有位业余写散文的编辑，见我既不懂创作，也不会画版，当面开玩笑："大学生，稀打松。什么一套！"幸而编农村版的老严没有瞧不起我，"画版有什么巧器量！来，我教你！"拿着画版尺，手把手教我画版，如何给文章留题，如何调度竖排、横排稿子，如何插图……我很快学会。有一天印刷车间竟把我画的版贴在评报栏示范，我那份得意就别提了，不料马上被孙主任浇了冷水：

"马编辑，看看你写的市运动会报道，有什么问题？"

我看了一遍，说："挺好啊。"

"你再数数。"

我把报道里的文字看了一下：破了十三项市运动会纪录。

再把具体破纪录的项目一个一个数数，"噢，不过漏掉了两项。"

山东大学中文系五年制大学生，写地方小报通讯，确实稀打松。

几位年龄大点的女编辑很友好,问问家里的情况,说:"该给孩子断奶了。"

这个说:再不断奶,影响孩子吃饭,也影响孩子口腔发育。

那个说:断奶可不容易!有的孩子怎么也断不了,你抹黄连他照样吃,你抹辣椒,他照样吃,那谁谁的儿,不是断了再吃、吃了再断好几次吗?

我回到家里如此这般一说,既觉得该断奶,又怕断不了。儿子和妈妈,一天到晚在一起,吃了一年半的奶,你突然不让他吃了,他又不懂道理,怎么跟他讲?没理可讲。

我妈说:那还不好办?我抱着他"扔崩一走"不就完了?

"扔崩一走",这可是《红楼梦》后四十回刘姥姥要带巧姐离开贾府时说的话啊。我妈不可能看过这本书。

有些土话,山东和京城相通。

有些智慧,古今老太太相联。

我妈在新居如鱼得水，似鸟归林，已指挥着牛司令把前院的地整理出来，种上菜：辣椒、茄子、芸豆、豆角，住房和厨房前都种上南瓜。西墙边有一架葡萄，葡萄架下边放个绿色有雕龙花纹的大鱼缸，里边养着数十条金鱼。我妈嘱咐我们按时给地里浇水，然后，收拾起一个旅行袋，把我儿子带回了老家小韩庄。

十天后，祖孙二人若无其事地回来了。

我已经哭了好几天。

儿子离开我，不过头天晚上哭过找妈妈，第二天就没事了。

难受的倒是做妈妈的，又得痛苦地"回奶"，又想儿子。

3
豆棚瓜架"稍迁猴"

玩"稍迁猴"(蝉的幼虫)变飞蝉游戏,把牛斗乐坏了。

广播局宿舍西边就是农田,这可方便了牛家父子。夏天雨后,牛司令带着牛斗到野外,沿着水渠边走来走去,做什么?找合适的大树,在树根处捉稍迁猴。儿子用泥手高高兴兴捧着回来,我妈到水池子上给他洗净,把它们放到我们的蚊帐下边。第二天早上,稍迁猴已经长出翅膀,变成蝉,白色的蚊帐也被染上一个个小圆圈,一片片淡淡的黄黑色。把蝉们放到纱窗上,咱们在房间里听听蝉鸣!儿子眼巴巴盯着:"叫吧!"趴在纱窗上的蝉却成了徐庶进曹营。看来什么物在什么地儿是一定的,那就放它们到菜园里去吧。

房前菜园郁郁葱葱,绿豆角,紫茄子,红辣椒,累累满园。南瓜秧爬到厨房顶,爬到住房顶,圆圆大大的叶子几乎将房顶遮严,然后是连成一片的黄花儿,是刘姥姥说的"花儿落了结个大倭瓜"。结蒂的南瓜先是绿色,后是墨绿色,再往后成黄绿色,深黄色……沿西侧墙根,一排向日葵长得严整粗壮,像卫兵一样守护着我们的家院,金色花冠有脸盆大小。好一派丰收景象!

还有群鸡在咯咯叫,其中极其美丽的来克享大公鸡,是儿子的最爱。它领导下的母鸡每天给我们提供鲜蛋。即使供应的鸡蛋票太少,也不怕了。这大公鸡是牛斗忠实的护卫,见到陌生人靠近牛斗,上去就啄。我至今也没想明白,鸡跟菜园是天敌,我妈如何让它们和谐共存?

墙外是人民公社的地,经常看到社员摇动马鞭子走过。有一天,我正站在住房门口观赏满园秋色,突然惊奇地看到，有人站在走动的马车上，从墙外伸过一把铁锨，"啪"地一下子，将我们最大的一颗向日葵斩首，将花冠敛进铁锨，收了回去。动作果断麻利，准确无误。

"哈哈哈！"我忍不住大笑，"好技术啊！"

"笑什么笑！"一位邻居好心好意地说，"还不快把你们的向日葵收了！"

"我妈说，还得等几天，还不'成实'呢。"

"等它成实，都长了腿飞到墙外了。"

快下霜时，我妈让我扶着大梯子，让牛司令爬上屋顶——年轻时也是好身手啊——把南瓜摘下来，二十多个棕黄色南瓜上边有层白霜，个个都比我儿子的个头还大。

我妈派我给邻居送南瓜，一家两个，全院送到，据说都可以吃到冬至。

4
饺子外交

我妈一到广播局宿舍，就在邻居间开创送饺子先例，后来西排三家邻居礼尚往来，皆结善缘。

我们家小子没做上莫言那样的作家，却跟莫言有共同爱好：认为全世界好吃莫过饺子。到淄博后，这小子有时会突然发邪，坚决不吃饭，非吃饺子不可，"素的也行啊！"我妈只好放下做好的饭，重新给他做，待会儿就听到儿子哼哼唧唧，"行啦！捞吧！"

一点儿不是吹：本人包饺子一绝，一分钟可以包六七个，这是在海光寺下一年厨房的收获。血研所"造反派"为了改造我这个"修正主义苗子""黑笔杆子",命我当了一年火头军,我却因祸得福。

我在家庭饮食上最大贡献就是:当我妈把面和好,把馅准备好后,喊一声"他妈妈,来包吧",这时,我大显身手。

我妈大约认为其他家的孩子都跟她的宝贝孙子一样,只爱吃饺子。但饺子不是每家每天都包,特别是双职工的家,不到星期天不会包。于是,她自作主张:每次下饺子捞出第一锅,除给她孙子留下可以吃到第二锅的饺子,总要将饺子盛到三个碗里,命我给华华、明明、贞贞送去!

华华、明明、贞贞,分别是院中西侧那一排从西到东李阿姨、周阿姨、赵阿姨的女儿。

华华、明明、贞贞,都认为斗斗家饺子最好吃。而我家臭小子几乎每天或隔天就能吃上李阿姨、周阿姨、赵阿姨送来的饺子,越发只认饺子了。

我给邻居送了南瓜送饺子,最初可能在邻居中落下像贾府人对薛宝钗的印象:很大方,会做人。时间长了,邻居们知道,牛家的家务舞台上,中军帐拿着令箭坐纛旗儿的主帅,是牛大娘。"他妈妈"只不过是个听喝的、跑腿的。

5
姥姥家做不成"龙蛋"

回到淄博,离爹娘近了,有时候带儿子回去,留下许多谐趣回忆。

我大姐跟爹娘住在同一条街上,她的两个女儿得姥爷姥姥宠,不言而喻。牛斗在姥姥家享受不上牛家那样的"龙蛋"待遇,能跟表姐平等已不错。比牛斗大三岁的表姐早就上幼儿园,一口普通话,唱不完的"红歌"和儿歌。牛斗真叫个"羡慕妒忌恨"!因为他会"唱"的歌儿,只是用不同音调重复一个字:"嘘——嘘——嘘——嘘!"晓梅姐姐在那儿"我爱北京天安门""太阳光金亮亮雄鸡唱三唱",唱了一曲又一曲时,那小子觉得自个儿什么也不会,有损尊严,就一边用手捺着小姐姐不许她唱,一边似唱实念:"你不会唱,你不会唱,嘘——嘘——嘘——嘘!嘘——嘘——嘘——嘘!"嘘着嘘着,突然福至性灵地冒出两句唱词,"朵朵鲜花,美丽芬芳!"

满口标准淄博话,把姥姥门上的人都笑晕了。后来小姨经常学他。

我爹的理论是:我们家男女平等,女略高于男。我大哥一子一女,二哥两个儿子,马姓第三代,在爷爷奶奶眼里,孙子都"没事人一大堆",孙女才受宠。多年后"毛头丫"马立做过国家领导人保健医生,又成了美国哥伦比亚大学眼科教授,可惜她的爷爷奶奶都看不到了。

我爹称牛斗"山羊猴子""五里猴子",有时还开玩笑宣布"山羊猴子不许进姥姥家门"。牛斗太顽皮。不要说姥姥家的东西都给他像抄家一样搞得乱七八糟;一眼瞅不见,已经跟对门狄爷爷的孙子宏子"撑起黄瓜架"。我向来把儿子宠上天,儿子越顽皮,我越瞅着乐。姥姥姥爷也不管,真能唬住他的,是大姨。

多子女家庭有第三代后,总会有个能"镇压反革命"的狠角色。牛斗干妈苑鳃早就对我说过,她家七姐妹的所有孩子见了二姨,都像老鼠见了猫。牛斗在大姨跟前,真应了那句话:只能老老实实,不敢乱说乱动。我至今想不透,我大姐怎么管住他的。

有一天,大姨刚从姥姥房间离开,牛斗立即从姥姥床上赤脚跳到地板上,高举双手大叫:"二分钱一个大姨,谁要?"

话音未落,大姨从外边进来了,原来忘了什么东西。

"好哇牛斗,你要卖了姥姥家的人!说,还卖不卖?"

"不……卖。"

"留着姥爷做什么?"

"留着姥爷给俺买地达(瓜)。"

"留着姥姥干什么?"

"留着姥姥给俺做患(饭)。"

"留着大姨干什么?"

"留着大姨……熊俺。"

大家笑得喷饭！

似乎是国庆节，我带牛斗回济南，二哥次子也在，大概刚过十岁。我本来计划的归程因下雨推迟了。牛斗很高兴，可以跟表哥好好玩了。

像小狗怕大狗，小男孩总巴结大男孩，跟屁虫一般跟在屁股后边。

姥爷拿个"小交叉"坐在门口看书。牛斗跑到姥爷跟前说："姥爷，下大雨了，大火车寄（睡）觉觉了。我不走了。"

"嗯。"姥爷头都没抬。

小表哥发话："没下大雨，大火车没睡觉觉，你滚蛋。"

牛斗跑到姥爷跟前，手指着院子，又说："姥爷，下大雨了，下到地上了。大火车寄（睡）觉觉了，我不走了。"

小表哥继续说："没下大雨，没下到地上，大火车没睡觉觉，你赶快滚蛋。"

牛斗又跑到姥爷跟前如此这般说……

小表哥继续如此这般反驳……

这场提前若干年的"山东大学文理生高校辩论"不知翻来覆去多少遍。

表兄弟后来分别就读山东大学物理系、历史系。

最后,牛斗说:"姥、姥、姥爷,下、下、下大雨了,下、下、下到地上了。大、大、大火车寄(睡)觉觉了,我、我、我不走了。"

我爹丢下书招呼我:"两个熊孩子,两句话,争论一个小时!你怎么不管?"

我哈哈大笑。我才不管呢,我乐还乐不过来呢。

回趟姥姥家,牛斗给小表哥气结巴了,回到淄博还结巴了好长时间。

四十年后,牛斗的女儿阿牛上初三,需要找人辅导物理课。

我说:"那还不好办?找马瑾啊。"

牛斗有点儿犹豫。按常理,叫山东大学物理系主任、博士生导师辅导初中物理,牛刀宰鸡。

管它呢,近水楼台先得月。我吃的鲫鱼,还是这物理系教授到水库钓的,小点的我还不要呢!

马瑾很有耐心地辅导阿牛。

还好,这次没把我们的宝贝孙女也气成结巴。

6
全世界最好吃的烧饼

冬天来了,如何取暖?当时既没有暖气也没有空调,只能烧煤取暖。淄博是产煤区,不像济南天津那样小里小气烧蜂窝煤,人家淄博烧"大炭",大块煤,有的是烟煤,有的是无烟煤,我们很荣幸烧的都是无烟煤。

虽然叫"无烟煤",其实也有不小的烟,必须得有烟囱。牛家兄弟不知道从哪儿取的经,在两个房间之间的墙上挖洞,让里间的土暖气接上外间的炉子。

淄博的土暖气这样做:截好一米长、直径大约四十公分的大陶瓷管，把两头用砖头堵上，以麦穰拌上黄泥抹好，量好尺寸和位置后，在陶瓷管上准确挖好进烟口和出烟口，将进烟口与墙洞用一段烟囱连起来，将长烟囱用麦穰黄泥糊在出烟口上边。这样火炉点着后，先烧热陶瓷管，再烧热铁烟囱，最后才把烟送到院子里。炉子本身保证外间取暖，土暖气保证里间取暖。既能做饭，又能取暖。

几十年后，当我用过各种暖气、空调后，想到当年这套取暖设备，仍然觉得心里暖暖和和的。牛家人真善于在简陋情况下提高生活质量啊。

我妈指挥着她两个儿子在我们家外间砌的大炉子，有资格参选"鲁班奖"。

那炉子用砖块先从地面砌起来，炉膛很大，上边放个脸盆样凹下去中空铁器，那是画好图纸在铁匠铺定做的，能将烧水壶、饭锅放在上边。一般情况下，三四口人烧水炒菜，这个炉口足够用，需要用大锅蒸馒头，或者用大砂锅做酥菜时，把那个铁器取下来。

如果把那个铁器翻过来，又有特殊妙用：烤烧饼或烤地瓜。

隔了几十年，回味我妈做的烧饼，还觉得齿颊留香。

我妈亲手烤的烧饼，是我记忆中全世界最好吃的烧饼。

多么高档的饭店，戴多高高帽的大厨，都做不出来。

在笑语喧哗、温情熙熙氛围中做出，刚刚出炉就递到手上：

带馅的，或荤或素，鲜美异常；

没馅的，有油有盐有花椒面，外酥里软，更香。

有时我妈烤烧饼时，让牛司令把老哥招呼来。

兄弟俩年富力强，食欲正旺。

"你都吃几个啦，好像八个？"

"哪里哪里，不过是六个。"

六个也算得上超级吃货啦。

我妈爱做饭，会做饭，尤其喜欢孩子多、朋友多时做饭。

我妈让我们舒舒服服吃一顿饭，自己得费上好几个小时甚至大半天工夫。

拿烤烧饼来说：我妈头一天用"老面"把面发上，放在火炉旁边。第二天早上"圈面"，把生面粉揉进发面里，让它们醒着，然后去做馅。如果是素馅，就炒鸡蛋、爊豆腐，再加上虾皮、木耳、粉丝、葱花；如果有剁好的肉馅，则配各种菜。或包馅，或加上花椒面和油盐，一个一个圆面剂做好，压扁平，先在小鏊子上烙个半熟，再放到"牛氏烤箱"烘烤。隔一会儿翻个面儿，然后……

我们这些人就像普希金奉命调查蝗灾呈报考察报告的蝗虫：

蝗虫飞呀飞，

飞来就落定，

落定一切都吃光！

只不过普希金最后一句"从此飞走无音信"用不上。

大家你两个，我三个，他五个吃完，我妈可能连一个都吃不进去。

是被做饭的气味熏饱了？

还是儿子和儿媳享美食，她心里美滋滋地先饱了？

7
"他们又不是不吃牛羊肉"

二十世纪五六十年代流行的《勘探队员之歌》:

是那山谷的风,

吹动了我们的红旗。

是那狂暴的雨,

洗刷了我们的帐篷。

上学时我喜欢唱这支歌,没想到自己的人生真会跟风餐露宿的地质队员发生联系。我结婚时,看到走遍大江南北、任华东煤田地质勘探公司测量队长的公爹写给牛司令的一封信。与其说是父亲写给儿子的信，不如说是老共产党员写给新共产党员的信。公爹除了嘱咐儿子要尊重、爱护妻子，要互相勉励，好好学习毛泽东思想，认真钻研业务外，特别谆谆叮嘱：瑞芳是回族，以后，你们家生活习惯一定要按照她的习惯，把原本牛家那套都改了。

我妈不可能知道公爹当年书信里关于尊重我饮食习惯的嘱咐，但是她几十年如一日严格执行，家里饮食一切照我的生活习惯。有时候还是我不过意，知道大哥他们要来吃饭，就"网开一面"地对我妈说："给他们做些他们爱吃的吧。我不吃就是了。"我妈总是说："凑（做）什么三般两样？他们又不是不吃牛羊肉，不吃鱼虾？"

我和牛司令一九六七年夏天在济南宽厚所街结婚，婚后回韩庄老家看望来家探亲的公爹。公爹面慈心善、亲切和蔼。他回公司后不久，那儿两派的"派战"正酣，伙房炊事员、医务室医生都跑没了影。他是领导干部，必须留在单位看守勘探器材等公物。他感到身体不适，到街道卫生所开了几片感冒药，请假回家。一进家门，就栽倒在地。经淄博医院透视检查，怀疑是肺癌。我们盼望是误诊。为进一步确诊，我和牛司令带着X光片去北京，请中国医学科学院黄家驷院长诊断。黄院长是英国皇家医学会会员，中国胸外科一世龙门。他在其外交部街宿舍，所谓"协和大院"看片子——客厅就有看片设备——做出晚期肺癌诊断，为保险起见，黄院长又介绍我们去找日坛医院胸外科黄国俊教授、协和医院放射科胡懋华教授看片，三位泰斗级医学专家诊断相同：晚期肺癌。不久，公爹在淄博医院去世，享年仅五十岁。他所在的安徽公司两派联合推工会主席张泰来到淄博参加了追悼会。

到了淄博，我才发现，我们马家春节过得何等马虎！当年在青州时，总是节前将肥瘦相间的牛肉切成大约两厘米见方的块，煮下一大锅，馒头蒸下一盖垫。做饭时，用勺子挖出些凝成果冻样牛肉，将白菜、粉皮、豆腐放进去，煮一下，把馒头热一下，就可以开饭。主菜可能还有煎带鱼之类，而牛肉炖白菜万变不离其宗。春节早上吃饺子，必须是素的，说是为了一年"素净";吃饺子同时要吃些粉丝,我一直弄不清如何吃,只知道这叫"常吃常有";还要吃几块蜜食,叫"尝点甜头"。回族因为不喝酒,下酒菜都免了。开银号的姥姥家如何过春节,我没有调查,马家这青州大名医竟然如此敷衍了事过春节,实在有点儿寒碜。等我们家搬到济南,过春节连这点儿寒碜食品也基本不准备了。

牛家虽在农村,人家过春节才正儿八经地过,郑重乃至隆重地过。

在小韩庄过春节,我妈小年后就蒸馒头,摊煎饼,出豆腐……

当然得准备吃饺子,猪肉馅的……

准备正月自吃并待客需要的几样主要菜:炸货,"鸡豆",酥锅,猪头肉。

炸货的主要"成分"是猪肉、鸡块、藕合、绿豆丸子、豆腐丸子、豆腐块……

"鸡豆",虽然叫鸡豆,主料却是猪头肉或猪蹄,加上花生、青豆、黄豆、胡萝卜丁。

酥锅的主料是猪肉、鸡肉、鱼、海带、冻豆腐、藕、白菜……

牛家过年的四种主菜没有一样离得开猪肉。

因为我的缘故,从一九七二年我们回到淄博开始,连续三十多年,我妈将牛家传统春节美食按穆斯林生活习惯进行全盘改造。

炸货里的炸肉换成牛里脊,很嫩,我妈将它和绿豆丸子、豆腐丸子、炸豆腐块一起放到锅里,切上葱花、白菜叶煮熟,加点儿醋,这种烩菜,大家百吃不厌。

鸡豆:炖好一只鸡,做成名副其实"鸡"豆。我妈总是将花生米泡到相当程度,突然倒上热水浸一下,然后,一颗一颗剥皮,花生没了"红屋子(皮)",只剩下"白胖子(花生粒)",白的是花生,绿的是青豆,红的是胡萝卜,鸡汤凉了成黄澄澄"果冻",色彩斑斓,又好看又好吃,极品下酒凉菜。

酥锅:主料换成肥瘦相间的牛肉,配上只肥母鸡,其余成分照旧,多放海带和冻豆腐。

酥菜是春节最受欢迎的菜,吃腻了鸡鸭鱼肉,吃有海带豆腐的酥菜最相宜。

我们刚到淄博时,我妈春节做酥菜的锅把我吓了一大跳!

我妈让牛司令买来个巨型砂锅,足以放进差不多二十斤牛肉、鸡、鱼、海带、冻豆腐、藕、白菜。我兴致盎然地看我妈如何操作。她有条不紊地剖鸡,洗肉,洗鱼,洗菜,切肉,切菜,切海带,一盘又一盘,然后"铺锅":锅底扣个大盘子,放上切碎的白菜帮,再一层一层往里搁海带、牛肉、藕、冻豆腐、白菜、鸡肉、带鱼……随时往里加大葱、姜片、盐、花椒、大料。层层铺好后,锅边周围用大白菜帮圈起来。这时,将黄酒、酱油、醋、白糖配成的汁浇上去,开煮,需要煮上大半天。开始时,锅上层像堆起个小山,扣不上锅盖,先用个大盆子扣着,一个多小时后,扑鼻的香气满屋,"小山"塌下去,盖上锅盖。一锅酥菜,放到院子里的厨房——天然保鲜冰箱,至少吃到"破五"。

运华大哥怀疑:牛家吃几辈子的酥锅换了做法,用那么"柴"的牛肉,能吃?

我们到淄博后,头一年的酥菜做成,特请老兄来试吃。

按照我妈的指示,我把各样东西都放上点儿,捡了一大盘子,奉给老兄。

据我妈说,这些酥菜,请客喝酒时可以按不同品种,摆好几个碟子。

一会儿,大哥吃完,把盘子递给我,我接过盘子回身就走,以为这是让我把盘子收起来,谁知人家却说:"再来一盘。只要肉!"

我偷着乐,老兄"裁缝掉了剪子——只剩下尺(吃)"。怎么样,牛肉柴不柴?

8 "鸟枪换炮"

有位大学同学从林海雪原举家迁来淄博,顺便给我们带来些东北木材。

在那个时候,这可是有钱也不容易买到的宝贝。

我妈乐坏了。在她的观念里,睡什么样的床,用什么样的桌子、什么样的橱子,远比吃得好、穿得好重要。一方面实用,另一方面关乎脸面。

我妈虽然是农村妇女,可也算见过世面。她年轻时,牛司令的爷爷、父亲都在煤矿工作。我妈跟着公公婆婆,夫妇俩带着孩子走南闯北,在博山、淄川、章丘一带过日子。家里谈不上富贵,却也吃穿不缺,八仙桌、罗汉床、成套的衣柜都有过。后来因土匪、国民党还乡团掠夺洗劫,家境败落。可是,我妈的眼力、做菜的手艺,谁也夺不去。

打仗亲兄弟,上阵父子兵。我们请的木匠,是大学同班好友张尔厚师兄的亲兄,工钱当然照付。但张大哥做活,那才叫一个上心,把客户家具当给亲兄弟打。

因为木材是湿的,必须先烘干。张大哥的活儿,一干若干天。

先把木材锯成各种形状的板,再点燃锯末,耐心烤干。绝对不能烤煳,但必须烤透。

需要黏合时,张大哥不用一般木匠用的黏合剂,那不结实,他熬鱼鳔。

乒乒乓乓,叮叮当当,木匠干活儿,锯木头,烤木头,测量,画线,熬鱼鳔……各种操作令人目不暇接,吸引全院孩子来看热闹。我儿子更乐在其中,过了一把领头瘾。

"工地"设在我们宿舍前一排,公家有个大空房子，前边有个大院子。

我们自己的院子，还有农副业呢，菜得浇水，鸡得喂食。

我们两个都按点上班，家里的一切，都是我妈在操持。

里里外外一把手，做饭，洗衣，看孩子，喂鸡，收拾菜园，打扫房间，一停不停。现在还得伺候匠人。张大哥干活时，我妈给他递茶递水。中午，我妈炒上几个菜，让牛司令陪张大哥喝点儿小酒。

不久，我们家鸟枪换炮，焕然一新。

广播局配给的家具都淘汰了！

大立橱、书橱、大床、桌子、椅子……颜色协调美观。

牛司令毕业留校时，分配在文艺理论教研室，他颇有些美学眼光，设计的橱子样式、漆的颜色，雅致大方。

三十好几啦，我终于混上心仪的书柜，像我这么高，上下都有门，上边是玻璃门，下边是木头门，上边可以放两层书，下边可以放资料。

这是我人生第二个书柜。第一个书柜只能叫书箱，大约高六十公分，宽五十公分，深四十公分，可放两层书。一九二八年我娘结婚时，我姥爷陪送的。我大学毕业时，我娘送给了我。

陆续买了些当时能买到的书，晚上也可以倚在床头上看啦。

像白天在报社那样。

因为工作早已上路，虽然一个人负责四个版，却熟练得很，一个星期的活儿，两天就能干完，其他时间，我就钻进淄博日报社图书室看书，《史记》《资治通鉴》《鲁迅全集》看了两遍，《红楼梦》看了N遍，还有《法兰西内战》等马恩列斯（马克思、恩格斯、列宁、斯大林）的书，都是"文革"期间允许看的。我后来研究四十年的《聊斋志异》不能看，那是"封资修"（封建主义、资本主义、修正主义）。不久，图书室朋友允许我将书悄悄带回办公室拿回家看。说来惭愧，我至今还欠着人家《资治通鉴》第八册，不知道给弄到哪里去了。

当年跟牛司令两人一起回故乡的决策非常正确。

我们在淄博,像是池鱼归渊、倦鸟回林,孩子一天一天长大,我们过上既不紧张也不劳累的日子,牛司令不需要去给社员出猪粪,我不需要到食堂当炊事员,基本上学有所用,安安逸逸上班,有时间看自己喜欢的书。知识分子都说十年动乱荒废十年,我们倒有六年时间没放弃读书。

人们说,老鼠会从将要沉没的船上逃出。我们俩不是老鼠,却也是从似乎要沉的巨轮逃出。当我们在淄博过起陶渊明似的田园生活时,那两条船怎么样了?

当年成立中国唯一的血液病研究所选址天津,就因为天津四通八达,便于全国血液病人求医。血液病研究所迁到绵阳山沟,全国的血液病人想求医,就像李白当年说的蜀道之难,难于上青天。想治病没有病人,搞研究没有项目,人心惶惶,纷纷求回天津。

被拆分的山东大学,更是人心思归,我们上学时的吴富恒副校长派人到《人民日报》,找到毛主席所说的"小人物"李希凡,跟他商量,如何向中央领导请愿,把山东大学中文系等重新迁回济南。有光荣搬家传统的山东大学又要搬家了。

上大学时给我们讲过一章"文艺学新论"的老师忽然到淄博出差,在我们家看来看去,对漂亮的大立橱,雅致的书橱,满园菜香鸡鸣,还有我们现在比较合心的工作环境,艳羡不已。老师回到学校,说不定把我们形容成暴发户了。

9 有娘又有妈

乐极生悲。日子过得正顺风顺水,我突然病了。

急性黄疸型肝炎!

其实我的病完全该算工伤。

我是到某农村采访所谓治肝炎先进事迹染上该病的。

简直是对制造"假大空"新闻的调侃。

主管卫生版的报社编辑看病当然最方便。

医院位于报社对门,立即化验,立即住院,立即隔离。

我被关进有个大铁门的"传染病区"。

医院各科医生，内科的、外科的、妇产科的、小儿科甚至放射科的，都有我的熟人，医生朋友一个一个隔着铁门来探望，纷纷告诫注意事项。一言以蔽之：坚持用中药"茵陈"等，好好休息，高糖、高蛋白、高维生素饮食。

我忧心忡忡，隔着铁门，凄凄惨惨、像生离死别一样对牛司令说：我至少得在这儿住一个月，我就在营养食堂订饭吃吧，斗斗全靠你和咱妈啦。

牛司令说：咱妈说了，医院的饭，"他妈妈"怎么吃得下去？咱们自己送饭！

协调结果是：我只在医院营养食堂订早饭。

每天中午、晚上，儿子准时用淄川话在铁门外喊：

"妈妈！送患（饭）来了！"

牛司令的自行车前边安个小儿椅，儿子坐在上边，车把上挂着饭盒，里边是几天不重样的饭菜，高糖、高蛋白、高维生素，另一个书包里有新鲜水果。家人对我如此细心照料，让我吃得这么好，让我住院还一天两次见到宝贝儿子，不要说其他病人艳羡不已，连值班医生都说:"生了病,倒享起清福来了。"

我妈让我重温了曲阜坐月子时的感受。不厌其烦,变着花样,叫我吃饱吃好吃舒心。

我不在家,宝贝儿子一点儿不受影响。只是过几天问句:"妈妈啥时候回来?"

不到一个月,传染科女主任宣布:各项指标正常,彻底治愈!

主任惊讶地说:你身体素质太好了。

她当然知道,我吃得太好了。这不是所谓富贵病嘛!

为了让效果更彻底,主任开两个月病假条。我马上回了济南。

我爹早就来信:出院立即回济南,必须斩草除根。得继续服汤药,不能转成慢性。

自从成家之后,这是我唯一一次到爹娘身边做娇女。

我爹给我诊脉,然后亲自步行到一公里外宏济堂拿药。三天换一次药方。

我娘把药煎好,保证我每天早、中、晚各服一次汤药。

我娘的厨艺不知什么时候升级了,每天给我做富有营养的菜。

我只管每次饭后洗自己的碗筷,然后,喝茶,休息,看闲书。

我娘不挖苦我"长本事了,叫长辈伺候",她亲自"伺候"。这会儿,我大概就是"六张纸画个鼻子——多大一张脸"。

三十年代,我爷爷能只用中药,就把我娘已咳血的肺结核治好,现在我爹将西医宣布没事的病消除隐患,岂不是易如反掌?

我爹对门搬来省府副秘书长,狄叔叔是书迷,刚刚"解放"的老干部,可以买到各种内部书如《戴高乐传》《第三帝国的灭亡》,我怎么如此因祸得福?

我每天吃了睡,睡了吃,晒晒太阳,看看内部书,跟狄叔叔聊聊天……

我安心在济南享受娇女之福。我自己的宝贝儿子,自然有其爸爸和奶奶精心爱护着,我一点儿不用担心,不用操心。在济南住一个月,健健康康,白白胖胖,快快乐乐，提前回去上班。

晚年回首往事，像我这样既笨拙还常缺心眼的女子，生活能力极差，幸好读过几年书，多少认识几个字，却像青州俗话：王八有点儿鳖运气。除终生呵护我的老爹和兄弟姐妹、牛司令，还既有娘家娘，又有婆家妈。两个老太太都对我无微不至"富养"着。

有娘又有妈，多好！

第四章
二胎保卫战

「一个孩子多孤单,斗斗怎么也得有个伴!」
「你就管生下给孩子吃口奶,别的不用管。」

1 "夹板子婆婆"

养好病,我从济南回到淄博。继续"马编辑"生涯,尽心尽力编好我管的教育、卫生、妇女、儿童版。

对我来说,真正的危机逼近,是我妈要走,牛家另有重用。

用她老人家的话说,"鳖瞅蛋"一样,多年不生育的大嫂要生第二胎。

这可是了不起的好事,如果生个男孩的话。

牛大哥的女儿都上小学了。

我妈再次做出很不合乎人情的调度安排:

大嫂生二胎后,她带着牛斗过去伺候月子;

广播局这边没人做饭,把老奶奶从小韩庄叫来;

老家那两个女孩呢?大的照顾小的。

牛司令的弟弟结婚了,五个妹妹,老大早就结婚走了,老二、老四被招工,老家还剩下两个妹妹,三妹十七八岁,五妹十三四岁。三妹在队里干活非常累,重活累活都抢着干,像男劳力一样拖土坯。后来,三妹先是到黑山煤矿干卫生员,后被推举为"工农兵学员",进山东医学院读书。我妈陪我去天津后住广播局,妹妹们都是由自己的奶奶、牛斗的老奶奶照顾。如今老奶奶又要走,三妹红霞在地里干完重活累活,回家还得洗衣,做饭,喂鸡,喂猪,照顾最小的妹妹。红霞到山东医学院上学后,星期天还到宽厚所街帮我娘做过被子。而我这个亲女儿,从来没有给我娘缝过被子,因为我不会。我娘曾讽刺:二妮如果做被子,会把自己套到被子里钻不出来。

我到晚年才想到,当年把老奶奶"调"来给我做饭多么不合情理,我这个当嫂子的多自私!压根想不到别人处境,想不到别人为我做出多大牺牲。每当想起那么小就那么懂事、挑起家务重担的三妹，亲爱的红霞三妹，我就心疼。

奶奶带走牛斗，家里就我们夫妻两个，八小时工作，骑公家的自行车上下班，十几分钟到家，难道不能自己做点饭？

归根到底，我妈认为我太笨，正如她几十年说我的口头语，"啥也不会呀"！

已在山东大学待了几年后。有次跟我妈闹点儿误会，老太太觉得受了委屈，对她的宝贝孙子说："你妈不知道？连那些姑算上，我最疼的是她！"

我娘如果知道这些事，肯定得说"这死科子四六不通，吃了泰山不谢土"！

其实，耳濡目染，我已能做几个菜了。虽然，蒸馒头、烙饼、拌饺子馅那样的"高精尖"家务还不会，主食完全可以买嘛。

当时我根本想不到这些，只觉得，我妈走了，老奶奶来了，饭来张口、衣来伸手的日子不像原来那么得心应手，还不大习惯呢。

老奶奶到来,让我领教了我妈怎么样做儿媳妇。

我的天,真像我妈这样当儿媳妇,还不得累煞!

印象特别深的是,老奶奶刚到,牛家三代媳妇到报社洗澡。

那时,极少家庭有洗浴设备。我们报社有大澡堂,令人刮目相看。

老奶奶一来,我妈准备洗头碱面、香皂、洗浴毛巾、换洗衣服,牛司令和大哥用自行车载着老妈和老奶奶,我用自行车带着儿子。哥俩送我们到报社洗澡,再估计洗完的时间来接我们回家,像一项盛大家庭工程。

巨型澡塘,热气蒸腾,旁边有几个喷头,可以淋浴。

爱干净者应洗淋浴,但一个个女士,都像泡大萝卜样泡在大池子里。

说来可笑:因为都是十天半月洗一次澡,都得用力搓洗。

奇怪的是,当时怎么洗,也没洗出传染病。

不要说性病,皮肤病都没有。

这会儿,我当然既得自己洗,又得管儿子了。

我妈帮老奶奶脱下衣服,弯下腰亲手给她脱鞋脱袜子，帮她换上合适的拖鞋——两位老人都是缠足的——小心翼翼地将老奶奶扶进澡塘泡着，嘱咐："娘！你拿这块布往身上撩水！"咦，牛家上一辈这不是也把母亲叫"娘"？老奶奶在那儿撩水的工夫，我妈争分夺秒完成自己的洗澡工程，将老奶奶扶到池边坐好，一口一个"娘"叫着，像绣花一样，仔细给她搓后背，搓前胸，搓腿，搓脚。然后，一步挪三指，将老奶奶扶到淋浴喷头下边，先冲一遍，再打上香皂，把身上各处抹到、揉搓到，再冲洗干净，"娘！你闭上眼！"轻轻给老奶奶洗头。洗完头，一边帮老奶奶冲洗，一边自己冲洗；冲完淋浴，给老奶奶揩干全身，扶到外边换衣服的地方坐下，拿块干毛巾，给老奶奶擦干头发；然后，用木梳给老奶奶梳头，挽发髻，一边梳头，一边"娘长娘短"絮絮交谈……

看着这一系列熟练的洗浴动作，我的眼泪快流下来了。

正如鲁迅先生在他的杂文中所提到的一样："人和人之差，有时比类人猿和原人之差还远。"

我是怎么样跟我的婆婆一起洗澡的？

在海光寺时，我带我妈到附属医院洗澡，都是你洗你的，我洗我的。

我妈还得跟我一块洗"狗蛋"呢。

不要说我从未像我妈给老奶奶洗澡般给我的婆婆洗澡，我连想都没想过！

长到三十好几，我给自己患末期心脏病的亲娘这样洗过一次吗？也没有。

我真是该叫我娘拿笤帚疙瘩打出去的忤逆之女！

我真是该叫我妈干脆送回娘家的不孝之媳！

念五年大学，学那么多古代经典，都学到狗肚子里啦？

报社一位大姐感慨地对我说："你婆婆这'夹板子婆婆'可不好当啊。"

听到如此新鲜的名词，我好奇地问："什么叫'夹板子婆婆'？"

"上边有婆婆，下边有儿媳。"

"那有什么不好当？"

"老的有老的要求，小的有小的主意，风箱里的老鼠——两头吃气！"

"那……有什么解决办法？"

"钱袋开得大大的，嘴巴闭得严严的。"

我妈给老奶奶洗次澡，我学个新名词"夹板子婆婆"，还听到对困境的破解办法。民间智慧无穷。

"钱袋开得大大的？"我妈不是工薪阶层，大风没给她刮来一分钱。

"嘴巴闭得严严的？"多少靠点儿谱，老太太从不在儿女间传闲话。

我妈不过是细心，耐心，敬老爱幼；

时时为他人着想，事事替他人担待；

将婆婆当成生身妈，将儿媳当成亲生女；

仅此而已，岂有他哉？

我妈还嘱咐儿女："有你奶奶在，不要给我过生日。"

老奶奶九十二岁仙逝。我妈才开始接受三十多个晚辈的生日祝福。

2
"小表的生的"

想不到,我妈伺候完嫂子坐月子,不久就回来了。

大哥有了儿子,对牛家来说,天大喜事!

好玩的是,新军新兵,堂兄弟模样还有点儿像亲兄弟。

两个媳妇和婆婆、老婆婆却处得都不太习惯。

大哥那边,大嫂是博山人,做得一手好博山菜,大哥家需要做什么饭菜,怎么做,大嫂对我妈指指点点,我妈这淄川饮食高手成了执行别人指示的。大嫂坐完月子后,做什么菜,更是由她亲自动手。这哪成?

我妈在我们这边，全家吃什么，她说了算。当家做主的，怎么能成打杂、听喝的？原则问题。

我们这边，老奶奶要做饭，就来问我：他妈妈，咱做啥呀？

我怎么知道！问你孙子去。

吃完饭，现在是我到水池子上涮那几个碗。

还不得不动手洗洗我们的衣服。

这些活儿，都是女邻居们天天做的。

她们不让男士干。入乡随俗，我也不能不干。

免得邻居说：年纪轻轻、好意思叫奶奶伺候？

免得我娘说：这回真得打雷劈了这个死科子！

日常琐事无处不在，没完没了，毫无诗意！

哪有吃完饭把碗一推到院外散步自由？

哪有拿本《红楼梦》琢磨宝黛爱情自在？

家务讨厌得很，现在却不能不干中学，学中干了。

老奶奶不如我妈能干，但也是个善良老嬷嬷。当我跟牛司令为屁大点儿事吵得天崩地裂时，老奶奶总是毫不犹豫站到我的一边。

这好像是牛家的优良传统，当"年小夫妻"发生矛盾时，婆婆总护着儿媳，绝对不"护犊子"。我妈这样做，老奶奶也这样做。

有次，我跟牛司令为鸡毛蒜皮的事吵起来，吵着吵着，气哭了。

老奶奶安慰我说："不用理那个'小表的生的'！"
我一听，立即破涕为笑！
哈哈，原来大家都是"小表的生的"。
哈哈，原来"小表的生的"是长辈谐称晚辈的玩话。
突然想起鲁迅先生形容的乡下父子对话。

儿子指一碗菜向他父亲说："这不坏，妈的你尝尝看！"
那父亲回答道："我不要吃。妈的你吃去罢！"

他们嘴里的"妈的"，几乎成"我的亲爱的"了。
看来"小表的生的"这句话，就像鲁迅先生形容的乡下父子对话，并没有这句话本身的意义。
淄川方言"小表的生的"，普通话就是"小婊子生的"。

我好长时间为"小表的生的"这个词不高兴。

我妈"骂"宝贝孙子，常用三个词："小狼贼""小石猴""小表的生的"。

我妈有时连我也叫"小狼贼"，我知道是淄川长辈对晚辈似骂实爱的话。

骂完"小石猴"，我妈会立即说："呸呸，骂一声小石猴，三天不长。"

骂完"小表的生的"，人家从来不会"呸呸"。

可是，你老太太的宝贝孙子，谁生的？你这不是骂我吗？

老奶奶对她孙子"小表的生的"一句骂，解开我好几年心结。

懂淄川方言，后来对我研究蒲松龄和《聊斋志异》起很大作用。研究者解释婴宁见王子服时说"目灼灼似贼"，将"贼"解释为"小偷""强盗"，而我解释为"小狼贼"，是爱称，当然这是若干年后的事了。

妙哉乎也！奶奶和老奶奶又换岗啦。

老奶奶去那边看新兵，奶奶带新军回来。

理想的生活全面复辟，我的好日子又回来了。

3
一只羊也是赶,两只羊也是放

我把儿子抱到土暖气上给他穿衣服时,突然听到哀乐。

周恩来总理去世!

十年后,流行甚广的诗歌《周总理你在哪里》的作者柯岩大姐跟我说到写这首诗的缘故:觉得整个人不能活了,唯一希望在周总理身上,可他死了!

这正是我当时的想法。一听到哀乐报出的名字后,我失声痛哭。

五岁的斗斗用小手给我擦泪,说:"妈妈妈妈,周总理死了,不是还有毛主席吗?"

然后,是清明节悼念,天安门事件……

我突然又病了。呕吐不止。

该不会肝炎复发?我爹让我立即回济南复查,吃中药。

小妹那时已是济南中心医院小儿科医生,我一到济南,她立即带我到医院详细检查。医生要我做妊娠试验,我说:不用做,不可能。那你末次"大姨妈"什么时候?事太多,不记得了。

小妹坚持让我做,当时叫"青蛙试验"。

两姐妹站在化验室门口,等结果。

一会儿,化验员对我妹妹说:"好像是阳性。"

小妹说:"你再仔细看看。这是我姐姐。"

化验员说:"是……阴性。"

我火冒三丈,吼道:"到底是阳性还是阴性?"

小妹对化验员说:"你再好好看看。这是我亲姐姐。"

化验员又说:"阴性。"

为什么我那么着急要化验员肯定是阴性还是阳

性？因为当时我拿定主意，如果是阳性，马上在济南"处理"完回淄博。

回到淄博，我肯定会被掣肘，首先是我妈。

我可不想吃二遍苦，受二茬罪！

我的孕吐在海光寺很有名，吃什么吐什么，吐了将近三个月。

还有曲阜县医院产房经历！什么诗意化"阵痛"，什么生命的翘盼，什么美丽的希望，都是男人写的，甭听那些站着说话不腰疼的漂亮话。

老爹这大名医看来医术确实不如他爹，我爷爷对怀孕一个月的孕妇就能断出男女，我爹这次居然对"阳性阴性"拿不准。我后来怀疑：非常老实的老爹没准是故意"拿不准"。因为爹娘都说，就是阳性，怕什么？你兄妹七个，你大哥、二哥、大姐，不都两个孩子？吐几天怕什么？反正没肝炎那回事，先回淄博吧。

淄博医院检查阳性结果一出来，我就到妇产科开了住院单。

其实这事不需要住院，我不是卫生版编辑吗？特殊优待。

我回家准备住院的东西，向来话不多的我妈滔滔不绝：

"可不行啊，他妈妈，伤天害理啊。"

"两个孩子还多？他姥娘不是七个？他爸爸兄弟姐妹八个！"

"一个孩子多孤单，斗斗怎么着也得有个伴啊！"

"一只羊也是赶，两只羊也是放，有什么难的？"

"吐几天就不吐啦，吐了再做你爱吃的！"

"孩子啥事也不用你管，你就管生下来给俺孩子吃口奶。"

…………

一套又一套，絮絮叨叨，震耳欲聋，没完没了。

三位邻居，会计李阿姨，实验员周阿姨，小学教师赵阿姨，前后脚进来"串门"。苦口婆心，异口同声，花样翻新重复我妈说过的话，还另出新词：

"我们都是俩孩子，你都看见啦，哥哥妹妹，姐姐弟弟，多好？"

"说得不好听，将来咱们不在了，他们兄弟姐妹互相有个帮手。有事商商量量，不孤单。"

"看看牛家兄弟,什么事不是有商有量的?"

"什么表哥表弟表姐表妹?隔了肚皮,不管用的。"

"我们哪有这么个'牛大娘'?啥事都替你?"

"我们都是自己一把屎一把尿把孩子带大,你多省心?"

"你们的条件不比我们几家都好?你俩都是大学生,工资比我们高。"

"我得月月给老人钱,每月五号开工资,六号一定得送到,要不然老爷子就骂骂咧咧上门拿,说我们'一月一回麦黄梢'!马家找你要过一分钱吗?"

"你只管生下来,再给吃吃奶,别的事不用你管!"

"我帮着奶奶看孩子!"

"我给孩子做衣服!"

"你现在想吃什么?我做。"

咦,三位芳邻约好的?

还是我妈搬来的兵?

开我的批斗会啊?

我的事关你们哪根筋疼？

一个一个，比亲姊热妹还上心。

看来，我妈这几年倡导"饺子外交"真起作用咧。

阿姨们真的把我的事当成她们自家兄弟姐妹的事啦。

如果我不保住第二胎，就成不通情理的怪物，就成广播局大院的"叛徒"啦？

有这么多人撑腰，我妈更理直气壮，说："斗斗，把你妈妈的住院证藏起来！"

牛斗果然把住院证拿起来，而且很快就找不到了。

我妈太天真啦，我这个管卫生版的编辑，再开一张住院票，还不容易？

牛司令聪明地对这事不表态，完全叫我自己做主。他知道，如果他同意，将来我后悔了，会骂他；如果他不同意，仍会骂他，"你就想吐死我"？

夫妻是老同学，就有这点儿好处，当然不止这点儿好处。一些事上，可以不讲理。上大学时就注定，师兄师姐容忍最小的师妹任性。

几十年后，因为某件事，我刚想发火，儿子问句：

"又迁怒于谁?"

熊孩子倒会观察世道人情。

那就先不去住院吧,没想到孕吐比上次还厉害,连苦胆水都吐出来了。实在受不了,我又悄悄开了张住院证。对我妈瞒天过海,假装有别的事,牛司令拿自行车载我去医院,再返回来替我拿东西,那样,我妈叫上八个邻居也逮不住我了。

走到住院部走廊,我站住了,突然非常伤感,舍不得。

低着头,脑瓜抵着墙壁,一句话不说,眼里含着泪。

想想我妈说的一些话,有没有一定道理?

想想几位邻居说的话,是不是经验之谈?

这可是个活鲜鲜的生命!上天送给我们的。

特别是,如果……这恰好是个女孩呢?

"咱们……"我啜嚅着对牛司令说,"回去吧。"

灰溜溜地回家,比怀头一胎吐得还邪门,认了。

我妈根本不知道我还有过一段"自己做主"、差点儿进手术室的插曲,认为是她的二胎保卫战胜利了,起劲地做各种好吃的给我吃。我吐了,她再做。后来发现，我还能吃几口周村烧饼，喝几口绿豆汤，她就天天催牛司令买周村烧饼，顿顿熬绿豆汤。直到我吃这些也吐了。

其实我也得算个好妈妈，在海光寺时就是这样：吐得再厉害，绝对不吃一口药，不管西药还是中药。不管宣传多么好的治孕吐药，一粒也不吃，连我爹开来的祖传保胎治吐秘方也不用。怕孩子受影响。无非吃了吐，吐了再吃吧。总会留下些营养，也不住院，也不打针，硬扛了下来。那时，是孤军作战；现在，有牛司令，有我妈，还有管闲事的芳邻。

五月鲜下来了，我不大吐了，大吃特吃。

西瓜下来了，我更不吐了，猛吃狠吃。

那时"皮实"得很。有一次，骑着自行车，后座载着儿子去报社，因为骑车技术太差，明明看到路中间有块石头，居然就拧不了车把，直接闯上去，连车加人滚到路边，爬起来，挺着大肚子，扶起车子，把儿子抱上后座，继续骑车上班，啥事没有。

有天夜里，我睡得正香，突然觉得身子下边的床剧烈晃动，一波接一波，震动，震动，房顶的瓦"哗啦哗啦"响,房间地面像海浪一样向远方游离、游离……

大地震!我"蹦"地从床上跳下来,抱起儿子,躲到桌子底下。

地还在晃动,待了一会儿,我看到桌子前有双脚。

牛司令站在桌前,啼笑皆非地问:"房子真倒了,你躲桌子底下能管用?"

"怎么办?"

"抱你儿到院子里去。"

…………

唐山大地震时,恰好我妈回小韩庄去了。牛斗已经上了几年报社幼儿园了,有时跟奶奶到老家去住十天半个月。

第二天,牛司令好不容易打通庄里的电话,知道家里没有什么事,就放心地跟邻居在我们的菜园搭起地震棚。

一家四口,其中有个胎儿,在地震棚待了十好几天。

白天倒也罢了,难受的是晚上,群蚊如雷。

晴天倒也罢了，难受的是下雨，滴滴答答的雨点儿，打在塑料棚上，幸亏塑料布盖了好几层，淋不透……

那时，我厚光大哥——全国第一个赶到灾区的地方医院院长，一直在唐山。

九月九日，毛主席逝世。

有些本来十分惧怕的事，会突然间想通，一点儿也不怕了。

栋梁摧折，天崩地裂！周总理走了，朱总司令走了，毛主席又走了，国家大灾难集中到一年，三位最重要的建国元勋都走了，我等草芥小民，死十个八个二十个算什么？还住什么地震棚？回房间！死生有命，富贵在天！

安安稳稳回到房间，地震棚拆掉，什么事也没有。

4 儿女双全

一九七六年十二月十四日,我第二次进产科产房。这次是淄博市第二医院,正规医院,正规医生。我妈不可能再攥着我的手,牛司令也只能送到走廊上。

深夜,助产士招呼我进产房时,不仅我妈没有像在曲阜那样站到产床边继续拉着我的手,连那个做丈夫的也早就回家了。

下午,好几个科的医生来看我,告诉牛司令:放心,她的事有我们呢,你明天早上来吧。

牛司令果然在妇产科晚九点关门时就回家了。那时家里没有电话,夜里他没法打电话问我的"进展"情况。事后才想到:如果我当时出点状况怎么办?比如大出血需要输血?需要剖腹产找家属签字?我成了一个人"战斗在敌人心脏"。现在回想起来,这家伙真不像话!

十五日子时,跟儿子出生同一时辰,又一声响亮的婴儿啼哭。

助产士笑着问一声:"上一个孩子是男是女?"

"男孩。"

"儿女双全啦。"

我热泪盈眶,总算没有白受罪。

早上七点钟,牛司令提着饭盒来到病房。

"男孩女孩?"迫不及待地问。

"女孩。六斤二两。"

"太好啦!"欢呼一声,"吃饭吧。"

"我早就吃饱了。"

毕大夫六点半就把早饭送来。大概是早上五点起床熬的小米粥,跟我妈熬的如出一辙。

我从淄博二院出院回家,坐的是报社的吉普车。

那时，一个单位能有辆吉普车就了不得了。司机告诉我，你一个普通编辑能坐得上报社的车，那是因为喜欢亲自开车的社长坐火车去济南了。再说，你总帮这个那个看病，你出个院，我们还能不接接你？哈哈，"通用挂号证"还有这作用。

今非昔比，鸟枪换炮。生儿子回家坐地排车，生女儿回家坐吉普车。谁说我的人生境遇没有在改变？假如生第三胎，可以坐飞船啦。

一对夫妇一个孩，所谓独生子女政策，在我女儿出生不久开始执行。

我还在医院时，宝贝女儿的名字已经取下了：燕燕。

哪个取的？牛斗。

牛司令问那小子给妹妹起个什么名。

他说："或者叫亮亮，或者叫燕燕。"

女儿长大后，经常娇嗔："什么文盲，给起个这么土的名字！"

后来发现，哥哥起名字，不仅我们一家。前年跟易中天一起到无锡拜望星云大师，易中天的弟弟也来了，他的名字，就是易中天给起的，好像跟抗美援朝有关。而易中天的父亲，是著名经济学教授。

还得按照曲阜模式"坐月子"，吃的东西，跟曲阜也差不多，有点儿不同的是，我坚持自己上厕所。我妈只好千叮咛万嘱咐："得包好头啊，可不能受了风啊。"

我把自己的脑袋用大围巾一层一层地包起来，刚迈出屋门，正在院中漫步，我家那只美丽的大公鸡，大概是发现家里突然来个根本没见过的"陌生人"，飞上来，朝我的后背"梆"地一下子，狠狠啄了一口。

牛斗立即拖起根木棍，朝大公鸡挥去。

"混蛋！连我妈都敢啄！"

牛斗那只漂亮大公鸡是全院的恶霸，只听牛斗的，不啄牛斗的家人，别人家不管大人孩子，常会受它侵犯。

六岁的儿子成了我的"带刀护卫"。

女儿满月后，果然成了全院阿姨、姐姐争先哄着抱着的一个。

各种民间逗弄娃娃并以此"考验"智力的名堂，

"来个挠子""逗逗飞""摇摇头""做个鬼脸"……学得非常快,七个月就开口叫"妈妈"。不到一岁,能说非常完整、一套一套的话。

那都是全院阿姨,你一言,我一语,嘻嘻哈哈教的。

"她不是你妈妈,叫她马姨!"

"她根本不想要你,叫她马胖胖!"

随着女儿一声声"马姨""马胖胖",全院的笑声,飞出很远很远。

我也逗她:想吃奶,叫"妈"还不行,得叫"好妈"叫"亲妈"。

有一天,不到一岁的女儿创造出一串话,把全院阿姨笑晕:"好妈亲妈,不叫马姨不叫马胖胖了。"

女孩到底比男孩娇气,最娇气的,是不容易喂饭。我妈喂她的宝贝孙女,得变各种花样:

"看看燕燕的嘴大不大?"

"来,小兔兔吃一口!"

"来,大老虎吃一口!"

"隔着椅子背咱也能吃一口!"

"这么好吃的饭可不能叫犸虎(大灰狼)吃了!"

宝贝孙女一边吃饭一边满院子跑，奶奶端着碗满院子追。

隔锅饭香。有时，我妈做好饭，想到哪家抱回孩子喂，常常是周阿姨给抱回来，已经跟明明姐姐一起吃饱了。

那就经常把做好的饭，拿到明明姐姐家吃吧。

哥哥挖苦妹妹娇气，爱唱一首儿歌：

娇气鬼，喝凉水，

喝了一肚子小蚂蚁！

转眼四十年，娇气鬼怎么样了？

电话响了。

我拿起话筒，里边说："请找一下牛教授。"

我放下话筒，喊："牛司令，电话！"

牛司令拿起电话，刚"喂"了一声，就放下电话，"不是找我的。"

原来是找山东财经大学牛晓燕的。

纵然算不上"扶着墙根长大"，养这个女儿比较省心。从小学到博士毕业，不用催促，不用辅导，自觉自愿，学业领先，又是欧洲名校，又是"引进海龟"，现已跟爹的教授"混为一谈"。

幸亏我妈的二胎保卫战取得胜利，傻人傻福的我儿女双全。

我家大事，如装修房子，儿子一管到底。有些事，女儿想得细。

哥哥讽刺喝凉水的"娇气鬼"尤其让做妈的感到小棉袄温暖。

爹和妈的"英国警察羽绒服"是儿子买的……妈妈夏天的T恤、冬天的大披肩是女儿买的……

二〇〇八年，我们二人应星云大师之邀访问佛光山，那时还要从香港转机，我们打算在香港玩一周。女儿认为我们太笨，怕出事。我们在台湾时，她发短信严令回程不许在香港停留："笨人甲和笨人乙在香港走丢一个怎么办？"

二〇〇五年，学校最后一次福利分房，我们可要两层的，有一层是所谓的阁楼，但比正常房子还高，地方大。牛司令画图纸，让木工做上八米宽、放十层书的大书架，几十年积攒的大部分书，分门别类摆到书架上，使用非常方便。当时年过花甲，觉得爬楼是健身，没想到有朝一日会更老，爬六楼竟觉困难。

二〇一三年，两个"笨人"都成古稀老人，女儿买了带电梯的房子打算给我们住。二〇一六年入住，楼旁边有座四季常绿的小山，夏天连空调都不用开。据山东建筑大学的人说，此地微环境好，宜居。山大宿舍，需要查资料时再回去，那就不用每天几次爬六楼了。

住上电梯房，我对女儿说："幸亏当年没把某个人芽儿消灭了。"

女儿娇嗔地瞪我一眼。

看到上小学属牛外孙女的三好学生证，属猴小外孙捣蛋"猴"样百出，全家围绕着看他"演出"：

白日依山尽，

黄河入海流。

欲穷千里目，

不上五层楼。

两岁娃有意篡改最后一句，把大家笑得声震屋瓦。

我又对女儿说："幸亏当年没把某个人从下水道冲走。"

女儿像六朝文人嵇康那样对我来个"白眼"视之。

…………

儿子上小学，女儿一岁多。

十年浩劫终结，春回大地，万物复苏。一九七八年桃花盛开之时，坐在山坡返青的草地上，阳光明媚，惠风和畅，牛司令又做出一个人生重要决策。

很可能是关乎我们"下半生"命运的重要决策。

两人一起回山东大学当老师。

我们有位师弟后来说：

"甭看老马整天咋咋呼呼，他们家重要的事，都是老牛说了算。"

嘿嘿，不是小说家，也会观察世道人情啊。

第五章
苦读岁月

> 「你们两座（个）就知道坐那里写继（字），光叫我奶奶做患（饭）！」

1 自讨苦吃

牛司令在淄博市广播局干得不错,早就提编辑部副主任,上下级关系融洽。当年离开山东大学回淄博并非追求安乐,而是年富力强,无事可做。电台、报纸的工作毕竟不是最热爱的专业,他还是想回学校,做他喜欢的文学研究。

粉碎"四人帮"后,已搬回济南的山东大学百废待举,恢复招生。"七七级"入校,教师队伍却青黄不接,很多学科人手不足,校方希望他回去。

八分钱邮票一贴,几次信件来往,省里的调令来了。

广播局领导跟牛司令谈话：我们不想放你走，但我们接到的是省人事局的"调令"，不是"商调函"，下级服从上级，不能不放。

淄博日报社社长对我说：你的调令来了，山东大学让你们家老牛归队，把你一起调去，我们不能让夫妻两地分居，你交代一下工作，准备去山东大学吧。

一九七八年春天，牛司令一个人先到山东大学办理我们的报到手续，接着到上海开会，编写教材。一个面包一杯水，整天泡在图书馆里看资料。我和我妈、两个孩子，仍留在淄博广播局大院，暑假后搬家。

天天八小时上班，突然有五六个月成自由兵！乐不可遏！

听说回大学后，除上课，每周开一次会，不坐班，乐不可支！

金钱重要？地位重要？属于自己的宝贵时间最重要。

    太阳下山明早依旧爬上来，
    花儿谢了明年还是一样的开。

> 美丽的小鸟飞去无影踪,
> 我的青春小鸟一样不回来……

我经常哼当年上大学时哼的小曲儿,对,青春小鸟已经飞走,时不我待,这半年空闲时间,得做点什么。

想起我的海光寺岁月,我的医学界朋友,他们的奋斗、艰辛……

中短篇小说《儿科专家》《老逍遥》《所长过年》……受新时期初文学思潮影响,基本是这段空闲时间写成的,也让我在一九七九年山东省作协的报告中戴上了"崭露头角青年作家"的帽子。我没被通知参加那次会,是到会采访的上海编辑肖关鸿跑到家里约稿时告诉我的。关鸿还要到天津百花文艺社约稿,我请他把散文《煎饼花儿》带给《散文》月刊。一九八〇年初发出来,很快被这儿那儿转载,评上这奖那奖……二十世纪八十年代初,我被评论界定位为"散文家",就是因为《煎饼花儿》《祖父》等家世散文,回校后跟高兰、萧涤非等老师打交道,又写了几篇常被转载且难免被人抄袭的散文,如《女学究轶闻》《名士风采录》《唯愿身化光明烛》《名医的风格》等。

一九六五年我们大学毕业时，系里本来已通知牛司令分配到《人民日报》，突然变成留校，是因为文艺理论教研室孙昌熙教授要求。现在牛司令归队，系里却希望他转到现当代文学教研室。此时，孙先生已经从文艺理论教研室转到现当代文学教研室，正和山师田仲济教授一起主编《中国现代文学史》。孙先生一直是我们俩的坚强后盾，我这个直接受业于他的学生散文（《祖父》）获所谓山东省最高文学奖，他老人家专门写文章评论，令人感动。

至于我的工作，学校安排我到文史哲研究所杜甫研究室。牛司令得意扬扬回到淄博向我转达，我却不感兴趣。因为我更愿意研究小说。

一九七八年九月，我到文史哲研究所报到，要求改派中文系。

我们上大学时的中文系办公室主任金里，此时恰好担任文史哲研究所办公室主任，他曾经带我们年级到牛旺公社搞过"四清",对我们很熟悉。他劝我不要改:"小马,你怎么这么傻?清清静静专门搞研究有什么不好?杜甫研究室可不是谁想进就能进,萧涤非先生和黄先生都欢迎你去。听说你父亲是萧先生的朋友?"

"老爷子们一起做过三届全国人大代表。"我解释一句,黄先生即萧师母,与萧先生伉俪情深,听说凡进杜甫研究室的人,还得经师母"审查"方可。我不能说不乐意跟萧先生研究唐诗,我也崇拜杜甫,但人各有志,实话实说,"我就是喜欢《红楼梦》。"

"唉,隔这么多年,你这个小马还是认死理,不开窍!这么好的美差不接,倒愿意去中文系累死累活上课。"金主任很不以为然,用不屑的口气说,"算啦,中文系现在什么人不要?你愿意去就去吧。"

按金主任的观点,刚恢复招生的中文系招揽教师有点儿饥不择食。

我可千万不要做大浪淘沙中最后沉到底的沙碛。

我到中文系报到,系党总支副书记王耀华师兄说:外国文学教研室、古代文学教研室、写作教研室都缺人，你想去哪个教研室都行。我说想研究《红楼梦》。那就去古代文学教研室，教明清文学吧。

几十年后想：当初如果选择进外国文学教研室，把当年上大学时"擅长"的俄语再捡起来，教课之余研究俄罗斯三大长篇小说家，去俄罗斯访学，岂不更有趣？

我到古代文学教研室后，立即被吸收进蒲松龄研究室。

我读五年大学时的枕边书，却始终是《红楼梦》。

不久发现，金里主任不让我到中文系，实在是爱护老学生，不想让我太受累。

苦瓜苦不苦，真正尝过才知道滋味。

除了上课之外，几年时间，从系图书馆借的《蒲松龄集》，自己买的三会本《聊斋志异》都被我翻得边缘破损、书皮烂掉，成了淄川人所说的"煎饼汤"。写了上千张卡片，一个一个科研任务都和蒲松龄，和《聊斋志异》有关，《红楼梦》倒成业余为之。

真是人们常说的：你想走进一个房间，没想到迈进另一个房间。

2
重回读写岁月

一九七二年离开天津时,我的家当是个一米二见方的集装箱。

一九七八年离开淄博时,我们的家当是两辆大卡车。

送我们的大卡车,车头可以坐三个人。

一辆车头上,司机左边是我妈抱着燕燕。

一辆车头上,司机左边是我揽着儿子。

牛老大与牛司令,在后面敞开的车厢里的煤堆上铺张席子坐着。

离开广播局宿舍,比离开报社还依依不舍。

多好的邻居!多朴实的民风!全院十几家,不管是工程师,还是播音员,不管是教师,还是工人,都成了我们的好朋友。住了六年,不要说没和任何一家邻居红过脸,还总是我家有事,数家主动帮忙。有一次,牛司令出差,孩子突然发高烧,东排邻居老马,二话不说,抱起孩子往医院飞跑!

倘若我们不走,会在淄博平平安安、舒舒坦坦、快快乐乐一辈子。

人们常说,树挪死,人挪活。我们从淄博离开,却像两棵长大的树,重新挪地方、换土、扎根、长新枝新叶。会不会水土不服,甚至枯萎?

既然选定了人生新方向,那就义无反顾地往前奔吧。

邻居们来个深情夹道相送,你挥手,我祝福,泪眼蒙蒙。

家具、书箱、衣箱……

大筐装上吱吱叫的鸡,细心邻居给搬上砌鸡窝的砖……

淄博送行车开进山东大学新校南院,除了吴富恒校长住的老校第一宿舍,这是当时最好的宿舍区。我上大学时,曾走进一号楼,向冯沅君、陆侃如老师请教。

我们的新居是真正的"小套",总共不到三十平方,进门是不到一米宽的走廊,走廊北侧是一个多平方的厕所和两个多平方的厨房。走廊南侧最西头有个上下两层大壁橱。从走廊进去有里外两间卧室,外间九个平方,里间十二个平方,从里间开门出去有个阳台,阳台下边有个小院子。

后来我们系知根知底的评论家认出来:我们家这布局,就是我第一部长篇小说《蓝眼睛黑眼睛》中米丽家布局的原型;到米丽家借自行车的马尔克的原型,则是我教过的、后来担任瑞典王国国家安全事务助理的留学生傅瑞东……

这生存空间可比在广播局小多了,但已经是山东大学能做的最佳安排。其他归队教师都分配住学生宿舍,即所谓筒子楼,像当年我住的海光寺单身宿舍一样,既无厨房也无卫生间。当时归队教师都没有职称,而牛司令是科级,能分到麻雀虽小、五脏俱全的房子,算相当优厚的待遇。

牛家兄弟和送行司机忙着搬家具，卸煤，砌炉子，盖鸡窝……

我妈和我打开行李，把原来广播局的衣物归位，铺被褥……

两个小家伙早就好奇地钻进大壁橱玩起来了。

我们楼前边有座赭黄色两层小楼，我们上学时叫它"仿吾小楼"，是给成仿吾校长盖的。成校长是参加长征的唯一教授，干部级别为五级，比山东省委第一书记舒同还高一级。成校长住没住上这座楼，我始终不知道，我只觉得，回到仿吾小楼旁边，宛如回到大学五年的苦读岁月。

更刻苦、艰难的读写岁月。

3
教学科研像泰山压顶

一切安置好，我到宽厚所街向爹娘报到。

爹娘很高兴，二妮不声不响调动工作，鸦鹊不闻突然回到他们身边。听说并不是山东大学把我当个人物请回来，而是"随迁"，老人家多少有点儿自尊心受到伤害。

我后来经常宣传：我能从地方小报回到山东大学执教并搞聊斋、红楼研究，是牛司令"归队"而我"随迁"的结果。当年我们大学毕业时，只有"又红又专"的同学可以留校或分配到重要文化单位，比如《人民日报》、新华社。而牛司令就先分配《人民日报》，后又改为留校。我呢，家庭出身没什么问题，虽然学习成绩名列前茅，操行评语却常有"重专轻红"或"自由主义"字眼儿，遂被分配"中央其他部门"。我从卫生部分到中国医学科学院，又从中国医学科学院派到血液病研究所党委办公室搞宣传。

刚到济南的前几天，我得空就往宽厚所街跑，在爹娘跟前跟姐姐妹妹嘻嘻哈哈、叽叽喳喳，天南地北、云山雾罩。

女儿找不到我，问奶奶："我妈妈呢？"

我妈用淄川方言回答："准成又上她娘家了。"

几天后，我干脆住到宽厚所街，整整一个星期，不回学校，给女儿断奶。

女儿前几天哭着找妈妈，后来知道找不到，就用淄川话怨声怨气地说："准成又上她娘家了。不来就拉倒！"

女儿本来享受比哥哥高的待遇，一直跟妈妈睡。等断了奶，就跟哥哥当年一样，是奶奶搂着了。

那个名副其实的蜗居，实在逼仄。我们到济南不久，恰好红霞三妹到济南中心医院进修，住到我们家。外间虽然只有九个平方，却放了一大一小两张床。大床上是我妈、燕燕、红霞，小床上是牛斗。两张床呈"丁"字形排列。床前有张饭桌，两把椅子。摆完这些家具后，留下人走路的空间，不足两个平方。不久后，有了冰箱，连椅子都得塞到桌子底下了。

一到济南，教学、科研任务像泰山压顶般向我们压下来。

牛司令给学生备当代文学课的同时，跟几位高校同仁一起，编著第一部《中国当代文学史》，编书地点：复旦大学。他还要参编《中国当代文学研究资料丛书》，编写了《柳青研究专集》《刘白羽研究专集》，主编《长篇小说研究专集》《中国当代文学词典》……后来他成为中国新文学学会副会长、中华文学史料学学会副会长、山东省当代文学学会会长，应该是"七十年代末童子功"的功劳。

我接受的任务是：给七七级及以后班级讲明清文学，一学期七十二学时。同时，准备一九八〇年第一届蒲松龄研讨会学术论文。

一九八〇年第一届蒲松龄研讨会,我提供的论文是《聊斋俚曲的艺术成就和语言特点》。参加会议的人民文学出版社编辑杜维沫和冯伟民,因我发表过几篇散文,约我撰写中国大陆第一部《蒲松龄传》。

而明清文学这门基础课,我连续给八个年级上过。

一个地方小报编辑突然要给山东大学中文系本科讲重要的基础课,不想误人子弟,只能认真备课!四大名著、三大戏剧(《牡丹亭》《长生殿》《桃花扇》)这些重头戏原本比较熟,明清诗文却是弱项。于是,每周一次,我用自行车把系资料室的明清作家文集,一车一车拉回家,通宵达旦地看,认真写完读书笔记,再写教案。有些课堂上讲不到半学时的作家,也得头昏脑涨把他的全集看了……这样备课,持续近一年,心里才有点儿数,敢于登台。

牛司令数月在上海拼搏,我在家没命地啃明清作品……

忙里偷闲,出于本能,写几篇散文,多数还选进了《新华月报》。

4
假如没有我妈襄助

一九七九年回到山东大学后,连续多少年,争分夺秒、夜以继日地读书,我们的"最佳读书时间"是晚上九点钟之后,孩子们和奶奶在外间入睡,我们的"夜读"开始。我们家的灯凌晨三点前总亮着。这样每晚可以抢出五到六个小时!太多的书需要看,太多的资料需要查。既要备课,又要搞科研,我还像是有"毛病"一般,见缝插针搞文学创作,只能一天当作两天用,一人当作两人用。

我们两个人忙得脚丫子朝天,家里的事常常顾不上。

如果没有我妈襄助,没有她老人家帮我们承担许多家务,我们两个真坐蜡了。

原来在淄博,八小时上班,中午回家坐下就吃饭,我都不知道我妈平时如何活动。回到山东大学后,如此狭窄的空间,我妈每天做什么,我感受到了。

每天早上我妈给小妞洗脸梳头,做好早饭。饭后,牛司令送儿子上学。

我妈再做好小妞的饭,一口一口喂饱。有时,我也喂一喂。

饭后,让小妞在那儿玩,我妈在厨房给鸡备饭,其实主要是处理大白菜。她把大白菜的外层剥下来,一片一片洗净后,把菜板端到阳台上。先切菜后剁菜的声音,剁好菜拌麦麸喂鸡的声音……历历在耳。

那时,济南仍没有曲阜方便,一切供应都靠票,单纯靠供应的鸡蛋,不要说总是散黄,不好吃,而且根本不够用。幸亏我妈养着一窝鸡,两个孩子才有鲜蛋吃。等到学校清理家属院,母鸡们被装筐送回老家——我妈舍不得将它们吃掉,让它们回乡发挥余热——济南的食品供应已有所改善。

喂完鸡后,厨房传出来"哗啦哗啦"的水声,我妈动手洗衣服了。那时还没有洗衣机。

两个孩子的衣服几乎一天一换,尤其是儿子,那简直不能叫小学生,得叫小皮猴儿。上学不走正常路,爬墙。回家不走正常路,跳沟。有个学生曾磕掉两颗大门牙。当时报纸上有个图文并茂的报道《有路不走墙上走,撕破衣服摔破头》。看来,爬墙上学在全国男孩中很普遍。

洗完衣服,我妈端着脸盆,到院子里把衣服拧干,晾到院子里的绳子上。

我妈在南墙下种下一片紫扁豆、白扁豆、丝瓜,我至今还记得那些紫、白、黄相间的扁豆花、丝瓜花多么好看,成熟的扁豆多好吃。我也一直没弄明白,那些扁豆丝瓜和下蛋鸡如何能和平相处。

我备一会儿课,到厨房倒茶水,路过外间,我妈不是在哄着小妞玩,就是让小妞自己在床上玩,她做针线活儿。小妞知道妈妈没空跟她玩儿,她就像奶奶的"铃铛皮",跑前跑后地跟着奶奶。

然后，厨房传来洗菜声、炒菜声……

随着几声敲门声，大门"嘭"地被闯开……"饿死啦！"儿子放学，从俄（饿）国回来了。

哥哥妹妹又吵又闹，奶奶忙着给宝贝孙子盛饭盛菜，并朝里间喊一声："他妈妈，吃饭了。"

我放下明清文集，到外间吃饭。

有时候，儿子会发牢骚："又是刟馇豆夹（淄川话：炒扁豆）！"

这小子的愿望是：不吃饺子也该吃大包子，哪怕是素的。

我跟着起哄："哼！就不能做点儿好吃的！？昨天鸡没下蛋啊？"

"麻利馕（淄川话：往嘴里填食物）吧，噇（淄川话：快点吃）完了，该干啥干啥去！"我妈一边说，一边喂宝贝孙女饭。喂完孙女再自己吃饭。

我吃完饭，继续回里间钻故纸堆，不睡午觉。

我们的房子，外间逼仄，里间也不宽敞。靠北墙是从淄博带来的大衣柜、书柜。大衣柜和书柜的门只能敞到半开,因为空间不够。相距不到半米是双人床,紧挨床是两张"丁"字形摆放的桌子。从里外间门到阳台门的走道不到一米宽,却摆了两个书架,一个木头的,山东大学配置;一个竹子的,从淄博带来。这条走道冬天还要安炉子。里间安妥家具后,人可以走动的空间不超过三个平方。

有一次,牛司令带的日本留学生前园浩予向他请教如何写研究茹志鹃的论文。日本学生讲礼节,从外间走进来,一边一声一声跟老师道谢,一边倒退着往里间走……

我突然冲上去一把抓住她,免得她一脚踩到老师的锅上。

牛司令如果在家,就是我们在南窗下一人一个书桌,一两个小时不动,坐那儿备课。我们的地方太小,两张桌子前摆不下椅子,只能放凳子,如果里边的人出来,外边的人得站起来。

我们向主持后勤的师兄——后来成管后勤的副校长——要求给调大点儿的房子,说我们在家备课如此这般困窘。师兄先是说:"去图书馆备课啊!"我们说:"那么多资料,你每天给背过去?"师兄就说:"这样在家备课不更亲密?不用朝外伸手就能拉拉手!"听了这嬉皮笑脸的话,真想往他头上"嘭"地给他一下子。无奈,他也巧妇难为无米之炊。

盼望房子再大一点儿,成为我们常说的话题。我们一人牵一只手领着女儿在院子里散步时,女儿常会问:"他要是给咱尤尤(楼楼)呢?"

想要住新"尤尤",按山东大学规定,得在分配的宿舍住满五年才行。

能说非常完整的话、却咬字不太清的女儿对我们来了番大批判。

她站在里外间门口,用极为不满的口气说:

"你们两座(个),就知道坐在那里写继(字),光知道叫我奶奶做患(饭)!"

旁观者清,不平则鸣。

5 "树大自然直"

回到山东大学的前几年,牛司令父子间经常发生"战争"。

牛斗太顽皮,被小学老师请家长已是常事。小学老师后来还特地规定:"叫那个爸爸来,不要叫那个妈妈来。她听说儿子调皮还咯咯笑呢。"

有时候,我还得替牛斗接受同学"训话"。

有一天,家里来个小女孩,我认得是中文系语言教研室朱老师的孩子。

"牛新军不好好写作文,老师让我来告诉他应该怎么写。"小女孩对我说,"牛新军不在家,我就告诉阿姨应该怎么写作文吧。"

小女孩侃侃而谈,我洗耳恭听,然后把小女孩送出家门。

抬头一看,牛斗骑在楼前雪松树杈上!

原来,他老远看到小女孩往我们家走,就知道大事不好,上了树。

一见小女孩走了,牛斗"哧溜"从树上溜下来,气呼呼朝女孩背影啐了一口:"呸!小猪蹄!"

给同学起外号也是"请家长"原因之一。

我对牛斗说:小学作文有什么难写的?来,我替你写一篇交上去。

第二天,儿子垂头丧气地回来,说:"我自己写的作文还得七十五分,你写的,七十分!老师说啦,作文不能这样写!"

我原以为给孩子写作文丢面子的,只不过是我这个中国作协会员。后来在北戴河跟王蒙聊起来,他笑道:"你还能得七十分,我替孙子写的作文还没得这么'高'的分。"原来中国作协副主席比我还惨!

更麻烦的是男孩间的战争。有一天，牛斗把某个男孩揍了，那个男孩的父亲我们叫"师兄"，后来是校党委书记。"这算什么，他们还不就是狗撕猫咬！"又有一天，我妈的长孙被臧克家的长孙打了。"这有什么，男孩哪有不打架的！"……如果家长真当回事，才是傻瓜。和平是战争的继续，男孩们第二天就又混到一起玩得不亦乐乎，长大了还是终生朋友。

有时候，不为"战争"却也会给人找上门来。

牛斗几个男孩在院子里丢石头打树枝，比赛"准头"，阴差阳错丢到人家阳台上，恰好把一个男孩的头打破了。男孩母亲查清事实后，到我们家问罪。牛司令连忙买上两包点心，到男孩家赔礼道歉。

客客气气敲门，门一开。

"老牛！"

"老许！"

原来被打男孩的爸爸是政治系许老师。

"对不起……"老牛向老许表示抱歉。

"是你的孩子？！没事没事。"一看老牛拿的点心，大怒，"你赶快拿走，要不我给你从窗口丢出去！"

在许老师那里吃了气，牛司令的气不打一处来，回到家中，先厉声呵斥牛斗，接着，就想不仅触及其灵魂，还想触及其皮肉。

"凑啥（干什么）？你想凑啥？俺孩子又不是故意扔石头打人！"我妈立即像黄继光堵枪眼一样，站到孙子跟前，伸开两只胳膊，挡住那个怒气不息的爹，"树大自然直。你也不想想你自家是怎么长大的？"

我在一边总想笑，这话，怎么像宝玉挨打后，贾母教训贾政的话？

6 我妈"爱吃鱼尾巴"

我一直有个错觉：我妈最爱吃鱼尾巴，尤其是油煎带鱼的尾巴。

我妈说：鱼尾巴酥，好吃，连骨头都能吃。

我信以为真。

其实我妈是把好的鱼段留给孩子吃，自己吃鱼尾巴。

等我老了，跟孙辈一起吃鱼时，发现我也"爱吃鱼尾巴"。

我妈不仅想方设法让我们俩和孩子吃饱吃好，来

"外人",更能调动她做饭的积极性和创造性,特别是两个妹妹来时。

牛司令的妹妹红霞和我的小妹马霞。

红霞三妹如果到家吃晚饭,我妈喜欢烙油饼。平时也烙给我们吃,外酥里软,葱花儿密密,花椒面香香。红霞来吃饭时,我故意逗我妈,说:"你闺女来,你的油饼就超水平发挥啦。"

我妈骂我句:"没良心的小狼贼,你少吃一口啦?"

我在海光寺时,小妹马霞的女儿在天津妇产科医院出生。马霞出院最初几天,我妈像照顾我坐月子那样照顾她。此后小妹才离开天津回山东。小妹初到天津时,可能患上了孕期忧郁症,有一次朝着小妹夫大发脾气,有点儿雷霆万钧之势。我妈在旁边看着,一声也不吭,最后,悄悄地说:"可了不得啦,俺牛运清幸亏没碰上他小姨!"看来,儿媳妇只要不当"河东狮",我妈就相当知足。

小妹是济南中心医院儿科医生,她如果值夜班,下了班,经常既不往我娘那边跑,也不往她婆婆那边跑,喜欢跑到山大。我怀疑,这家伙既是想跟我"瓜子码子黄鼬子爪子"地聊,也可能想找牛大娘吃点儿好东西。

马霞一来,我妈就把她捺到外间的床上,让她躺下,顺手从书架上拉下本杂志递过去:"她小姨,你歇会儿,先看看书,我这里有牛肉、酥菜,待会儿拌点藕……你还想吃什么?"

我嘲笑我妈:"小姨来,你的油饼又超水平发挥了。"

"这个争嘴坑小狼贼!"我妈笑着斥道,忙活她的去了。

什么人有什么才能是一定会瞅机会表现的。同一屋檐下,如果某个人某一方面能力太突出,其他人的能力往往会被压抑。因为只要我妈来,我们家的饭都是她做,如果她走了,我们就买点儿包子之类胡凑合,所以,我好多年不大会做饭。

我比同年龄女教师省心,到了吃饭时,坐在桌前就吃,吃完了,一推碗就走;想换干净衣服,拉开大立柜抽屉就有。我唯一擅长的针线活儿是织毛衣,曾很能干地给我和牛司令织过毛衣、毛裤。有一年,我忽发奇想要给儿子织个漂亮的细线毛衣。没想到那线太细了，很不容易出成果，我织几针放下，有空再拿起来织几针，等到我把第二根袖子织好缝上时，女儿穿着正合适。兄妹两个相差六岁。

我妈觉得遗憾的是，她唯一不会的针线活儿就是织毛衣。其他，不管做衣服还是做被子，什么也难不住她。老太太爱干净，我们和孩子的棉衣、我们的被褥，她经常拆了洗，洗了做。

有一次，大姐来了，问我妈："二妮呢？"

"在里屋躺着怄气呢。"

"怄什么气？"

"嫌我给她做的棉裤厚了。"

大姐回到宽厚所街，一边哈哈笑着，一边向我娘形容：二妮如何赖在床上，盖着被子，不肯穿棉裤，牛大娘如何劝她，答应给她改……

我娘笑道："这死科子在咱家从不敢这样，倒叫她婆婆惯得上树爬墙！"

7
"本人会巴结吧"

其实我也不总这么浑,有时也懂点儿人情。

二十世纪八十年代初,新时期重要社会现象是:老嫲嫲们开始戴首饰。

有次,马霞来了,进里间对我说:"牛大娘戴上金戒指啦?"

我得意地说:"我买的。怎么样?本人会巴结吧?"

"你也买了一个吧?拿出来我瞧瞧。"

"我没有。买这一个还是挪用买电视机的钱哩。"

我要金戒指干吗?是戴上它讲课写板书更好,还是写文章更流畅？什么用也没有！电视机先不买，可以有更多时间看书，而这么个不起眼小玩意儿，却能讨老太太欢心。并不是我多高洁，多先人后己。这是当时高校女教师共性：如果有哪位女士珠光宝气、衣饰鲜明，大家常常会侧目以视。一般大学女教师都不爱首饰，不爱高级包，不爱高级化妆品，只惦记多买几本书。开始时是没条件也没心绪关心首饰之类，后来习惯成自然，自然成应该。我一直想买影印聊斋手稿和几种脂砚斋石头记评本。刚回校时从图书馆借，十几年后自己都有了。

其实我妈并不找我们要这要那，给她买衣服，总说：够穿了，不要买了，给孩子买吧。但如果别的老嬷嬷手上有戒指，牛老太没有，岂不是我们没面子？这其实只是晚辈一点儿极微不足道的心意。如果家务劳动也按劳取酬，我妈该戴十克拉钻石大吊坠。我呢，发个塑料发卡就成。

我妈回趟淄博，回来时，多了对金耳环。

是最孝顺的女儿红霞帮我妈"配套成龙"。

我逗我妈："又戴上金坠子，扛俊（淄川话：非常漂亮）啦！快回小韩庄显摆显摆。叫二奶奶她们看看，您现在是济南城时髦老太太啦。"

"这个胡诌八扯的小狼贼！"我妈斥道。

在我妈嘴里，我跟她宝贝孙子一样，是个"小狼贼"。

我妈已农转非，我家户口上是完美的三代同堂。

我妈的户籍登记：张秀芹，女，1914年出生于山东淄川，现居济南市山大路山东大学南院宿舍二十号楼三单元102，与户主牛运清关系——母子。

8
"髊髊那头乱草！"

我妈是个爱美的老太太，人家如果出门，一定得把头发梳得一丝不乱，衣服穿得整整齐齐。她特别瞧不上我不好好对镜梳妆就往外跑。

有次，我三口两口吃完饭，想赶快骑上自行车到文史楼上课。

我丢下饭碗，看看书包里备课本、参考书不缺，端起茶杯，提起书包就跑。

我跑到门口，我妈追过来，一把拖住我。

"干什么？"我气急败坏地说，"我要迟到啦！"

我妈递过一把梳子:"快!榜榜那头乱草!"

多生动的淄博民间语言!不说"好好梳一梳你的头发",而是说"榜榜那头乱草",这是蒲松龄俚曲里的语言呀。

研究蒲松龄俚曲的语言成就,是我回到山东大学写的第一篇学术论文。

我有时想,如果我妈也做大学教师,大概会像我的芳邻那样讲究仪态。

历史系雍容华贵的孔令仁教授跟我做过好几年邻居。她虽然是西南联大的毕业生,当时住房却跟牛司令同等待遇,面积一样大,只不过她是两个南间,也有个小院,孔老师种的丝瓜常被我家的天兵天将飞过去啄了。孔老师老伴把鸡捉住从墙头扔过来。孔老师则温文尔雅地把鸡从墙缝递过来,不愧是孔门之后啊。

我隔三岔五到孔老师家喝加柠檬片的咖啡,谈天说地,讲古论今。孔老师最初参与政界活动、访问农村的经历被我改头换面写进第二部长篇小说《天眼》,安到女主角南琦身上。孔老师后来有许多"副主席"头衔:民盟中央副主席、全国妇联副主席、省政协副主席。她生病住院时，病房墙上挂着和江泽民主席的合影。

我妈当然不知道"她孔阿姨"这些伟绩，像对待淄博邻居一样，下好饺子，也派我给孔老师送。

投桃报李，孔夫子后代自然讲究礼尚往来。

有一天，孔老师端着一个碗敲开我的门。

"马老师，请吃饺子。"

"谢谢！什么馅儿？"

"猪肉白菜。"

听到这话，我这个青州回族差点儿没背过气去。

一九八五年春节，我已搬到山东大学新校南院四十号楼六层的小三间。孔老师早就搬到一号楼，当时的"校长级"宿舍。

春节上午，"副省级"孔令仁教授忽然爬上六楼，来敲我们的门。

我跟孔老师开玩笑说："咱们好像并没有相约'苟富贵勿相忘啊'。"

"我得来看看牛奶奶。"孔老师真诚地说。

"我妈回老家过年去了。"我说。

孔老师怅然若失:"那——我就不进去啦。"

我直想笑:孔老师啊孔老师,你是和我邻居,还是和我妈邻居?

第六章
美国女博士和中国老太太

「奶奶做的饭,盖了帽啦,没治啦,奶奶该上美国讲饮食文化去。」

1 我妈会变戏法?

戴德熙已经把她的一大摞书抱了起来,准备告辞。

我妈忽然说:"别走啊,在这儿吃饭!"

金发碧眼的美国博士生回视我妈,我就在她身后向我妈"杀鸡抹脖子"地做手势,意思是:"您揽合什么?家里有什么可以待客的?快让她回留学生楼!"

我妈好像没看见似的,更加热情而恳切地说:"别走啦,他姨!"

嘁!连"他姨"的称呼都用上了,这位大洋彼岸的老外和我活像一母同胞,甭提叫得多亲热啦!

美国人信实。戴德熙"哗啦"一下子把抱着的书倾倒在床上,喜盈盈地说:"哎!我不走啦!奶奶叫我在这儿吃饭!"

我追到厨房,没好声气地问我妈:"你让她吃什么?啃床腿?"

我妈狠狠地瞪我一眼,说:"饺子!"

"拿什么包?"我忧心忡忡地问。明摆着嘛:既没剩下肉馅,又没爆下豆腐,外加还没买青菜。这个晚上,本来说好凑合着吃顿炸酱面嘛,她老人家倒好,留下美国客人吃水饺!

"你上门口买一把韭菜。别的事不用你管。"我妈说。

"没有韭菜呢?"我故意问。

"芹菜也行,菠菜也行啊。"我妈以不变应万变,只要有菜就行。

我们家吃素饺子,一般都是韭菜馅的,个别时吃芹菜的,从来没吃过菠菜馅的,看来我妈怕我买不到韭菜、芹菜,今天网开一面啦。我真想干脆买捆菠菜,看她能出什么新花样！算了，那种馅，我妈的宝贝孙子可不一定爱吃。

等我从市场买得一把韭菜回家时，还没进门，就嗅到一股扑鼻的香味。进厨房一看，一大盆素馅已调好。鸡蛋炒好剁细，木耳、粉丝、海米都泡好剁成细末，和上了香油、味精、花椒面儿。面也和好醒在那儿。

我的天呀，老太太会变戏法？

我乐颠颠地说："妈！你真行！"

"看恣儿得这个小狼贼！刚才那熊样儿呢？"我妈笑着说，接过韭菜细瞅几眼，"跟你说过多少回？要买紫根的头刀韭菜。不要这么胖的，这是使了化肥的。"

"这个好择呀！"我息事宁人道，"凑合用吧！"

我妈指点戴德熙："他姨，你看书去。我和他妈妈择菜。"

"不！我也要择！"戴德熙说。

三个人蜷在不到三平方米的厨房择菜。戴德熙边择菜边向我妈讨教，鸡蛋饼怎么摊，木耳怎么发，粉丝怎么泡，还有，"为什么得加花椒面"？

"出味儿呀！"我妈说，"可不能使商店里的花椒面儿，得买当年的鲜花椒皮儿，自家焙。按说，这素饺子得爢上豆腐馅，才合味呢！"

戴德熙忙问："马老师，什么叫'焙'？什么叫'爢'？"

"这个么……"我费了好大劲儿，才讲明白这两个大概不属于古代文学教师授课范围的字。我妈刚好把洗净了的韭菜放在案板上，边切边对美国人念念有词："这韭菜呢，得切得非细，按规矩，得把它控一会儿再切！"

戴德熙的问题又来了："马老师，什么叫'非细'，什么叫'控'？"

我倒给问愣了，寻思一会儿，才说："那是淄川土话。'非细'就是'非常细'，'控'就是把菜放在筛子上，让水一点儿一点儿流净。"

"放案板上控一会儿也行啊！"我妈说。

平素有点儿耳背的老太太今天怎么格外耳聪？我不禁想笑，老太太信口说的几句话足够这位老外琢磨一气啦！

戴德熙是美国印第安纳大学在读博士，以《〈歧路灯〉和十八世纪中国古代文学》为题做毕业论文，一九八四年通过国际访学来中国，成为山东大学高级进修生。教研室派我这个小讲师带她。两人都是女性，年龄相差一岁，容易相处。当然啦，主要因为我研究明清小说。我在戴德熙到来之前，就把不太熟悉的《歧路灯》仔细看了又看，因为那是要一回一回地讲的。我还跟当年曾对这本小说做出研究成果者取得联系，其中一位是当年毛主席说的"小人物"之一蓝翎（杨建中）师兄，蓝翎师兄把他在河南工作时积累的有关《歧路灯》资料寄给我。我打算带美国进修生到北京和"东京（开封）"访学。开封访学的副产品之一，是发在《报告文学》杂志的散文《假如我很有钱——一个美国博士生的心愿》。

2 "滚蛋包"

中国学者帮助了这位美国博士,不言而喻。没想到,洋博士生却和我妈这不认字的中国老太太格外投脾气。隔一个阶段,我妈就提醒:"去叫她戴阿姨来家包饺子啊!"

我妈理所当然认为"戴德熙"就姓戴,叫来叫去,连我这个老师都弄糊涂了。

戴德熙每次都要亲手包饺子,而且越包越像那么回事了。她包的饺子都捏上精致的花边,我妈乐呵呵地说:"月牙儿似的,像绣花,这个阿姨真灵透!"

这会儿，戴德熙又很用心地包起皮薄馅多的素馅饺来，而且继续她那"十万个为什么"："奶奶，你为什么往调好的馅里边打生鸡蛋？"

"为了馅不散啊！"

"为什么加进生鸡蛋，反而不散呢？"

"饺子一下锅，鸡蛋就变成了琐酪，不就把馅黏合在一块啦？"

"马老师——"戴德熙又向我扭过头来。

不等她问，我说道："什么叫琐酪？这又是句淄川土话，写成汉字，大概是琐屑的蛋酪吧！也就是鸡蛋半凝固的样子。唔，就像你每天早上吃的那半生不熟的鸡蛋。"

戴德熙每天早上吃两个鸡蛋，放在一个小电锅里煎，用一块金灿灿的小闹表定时，不多不少只煎两分钟，连溏心鸡蛋的水平都达不到。

"你总指责我的煎鸡蛋。"戴德熙笑道，用那双绿莹莹的眼睛看看天花板，耸耸肩。

我笑道："不可以用'指责'，那是不友好的用词，得用'褒贬'。"

"唉！'褒'和'贬'不是反义词吗？怎么连在一块用？"戴德熙摇摇头，耳坠子哗啦哗啦响，"汉语真怪，'褒贬'就是'贬'，'恩怨'就是'怨'，'好不容易'既是'不容易'又是'好容易'，明明形容好，偏用'绝了''没治了'。哎，马老师，你包水饺真绝了，真快！"

"如果我当教师混不下去的话，我就上你们印第安纳大学旁边开个水饺铺。"我信口开河。

"那你一定发财，不过你得让奶奶去调馅。"戴德熙笑道，"奶奶做的饭，盖了帽啦，没治啦，奶奶该去美国讲饮食文化。"

我妈斗大的字识不得半箩筐，怎能去美国讲学？可她的烹饪水平堪称教授级。她仿佛以做饭为第二人生。常说："上学的踢球打弹，上班的点灯熬油，饭食跟不上还行？"费多大力气，花多少工夫，务必让全家吃得好。这真合了那句古训"民以食为天"，合了圣人名言"食不厌精，脍不厌细"。我妈还特别好客，谁来了，她都热情地留饭。我倒不心疼吃了什么，却嫌费事费时，便挖苦她："您以为来咱家的客人全是饿鬼托生？不管什么时辰，您都拖住人吃饭？"奶奶却说："谁出门顶个饭店？上我们家门，就是拿你们当个人，还能叫人家饿着？"好，孔夫子的"有教无类"让她老人家发展成"有吃无类"了。

我有时揣想，饮食文化是什么？很多人，包括烹饪学家都说不清。是考究的食具？丰富的菜谱？酒筵的排场？大概都不完全。真正的饮食文化是把吃饭看成对人的充分尊重，看成人与人之间的温情。真正的饮食文化是餐桌上下的感情交流。请吃者用的是鸡鸭鱼肉，施的是易牙绝技，更奉献一腔真诚、一片爱心，"斯世当以同怀视之"。被请者享受的是珍馐佳肴，更满足了被尊重的愿望，感到"人生得一知己足矣"。如果这样理解饮食文化，我妈真该上哈佛、剑桥讲学去。哦，中国烹饪史上，埋没了多少不见经传的老太太！

使我十分纳闷儿的是，根本不懂什么中国文学、外国文学的我妈，怎么会和这美国学者一见如故？过年过节，她惦着，"去叫他戴阿姨来家啊！抛家舍业的，多孤单啊"！

我妈和戴德熙一起兴致勃勃地看美国寄来的照片。

戴德熙怏怏不乐地说她女儿："瞧，她正从冰箱往外拿可口可乐，我在家可不准许她喝，里边有麻醉药。"

我妈啧啧称赞："这闺女多俊哪！眼亮得赛猫眼石。谁管她？她爸爸？哪顾得过来？给她奶奶送去吧！"看来，我们家的奶奶很想干涉一下万里以外的那位美国奶奶，让她像中国奶奶般尽职。

如果正式请戴德熙来家吃饭，她必定给孩子带点小礼物：一盒华丽的巧克力或一兜鲜亮的水果。我妈便大为动情："瓜子不大是人（仁）心，人家心里有咱孩子。甭看是美国人，还挺仁义！"接着连忙嘱咐，"叫他姨以后别买了，上学的人，哪有闲钱？"

我听了直想乐，殊不知这位"上学的"比我这个"教学的"阔多了。当然我没吭声，免得我妈以为我财迷，乐意占点小便宜。

后来，我妈便不让我去下"请吃"的通知，而常常在戴德熙来讨论问题后，"犸虎（狼）拉羊羔"般地拖住戴德熙不让走。

有一次，我妈又拉住戴德熙留下吃酥锅，两人还兴致勃勃地"干杯"。我妈不停地给戴德熙搛藕片、海带、豆腐块——而且很细心地使用公筷——见客人吃得津津有味，我妈怅然若失地说："唉，这酥锅里边的牛肉、鸡、鱼全叫他们挑净了，就剩这点了。"

我忙向她示之以目，意思是："您老人家少说句行不？怎么叫挑剩下？还不是你把鱼肉填鸭似的给你孙子吃了？"

戴德熙呢，笑嘻嘻的，很听话地吃下我妈搛给她的菜，也不再担心减肥不减肥，还仔细询问酥锅做法。

我妈很欣赏戴德熙的随和与诚恳："这人多实在，一点儿不拿搪，不酸文假醋！"嗬，她们俩，倒"惺惺惜惺惺"啦！

包饺子是聊天的好机会。戴德熙问道："刚才奶奶怎么不让我们俩合吃一只梨？"

"这是中国人的忌讳，两个人合吃一只梨，就要'两分离（梨）'。"

"哦？有趣！"戴德熙莞尔一笑，又问，"那我今天吃的水饺，不是'滚蛋包'了？"

"什么'滚蛋包'？"我妈忙说，"甭听他们满嘴跑火车，不拉正词！"

我也笑了："不是'滚蛋包'，就是吃饱了一抹嘴就走，也不算滚蛋！"

那次我和戴德熙去开封，家中包饺子送行。牛司令笑着对戴德熙说："她每次出差，我妈都给她包饺子，我把这叫'滚蛋包'。"这美国佬，专记这些稀奇古怪的话，要不怎么当博士？

3 "孩子他姨"

戴德熙面前已经摆满了一盖垫水饺,她又发现新大陆了:"咦,奶奶叫马老师什么?'他妈妈'?"

"哦,就是'孩子他妈'。"

戴德熙"扑哧"一笑。我知道她笑什么:老师又多了一种称呼!戴德熙刚从印第安纳大学来山东大学时,教研室主任在开学典礼上介绍我们相识,对她说:"这一年,你跟小马进修。"戴德熙闻听一愣。后来熟了,她说,她当时满头雾水:"小马,按字面意思,就是一匹很小的马吧?"现在呢?老师又成了"(孩子)

他妈"!

"他妈妈,剩下这点你甭包了。你去炝点芥末。"我妈说。

我忙立起身,向戴德熙眨眨眼,笑道:"这是我妈的章程,我们自己家常吃水饺,捣蒜泥;客人来吃水饺,炝芥末。为什么?因为芥末没有难闻的味,你准又得问'炝'字怎么写了,'火'字旁边加个'仓'字,怎么讲?干脆你跟我来看看!"

我在一只茶碗里倾上约半两芥末面,用沸水调做糊状,在上面覆以半张稿纸,倒上沸水,再把茶碗放到一只注满沸水的大碗中。

戴德熙的绿眼睛瞪得溜圆,她大约又想不通了:明明用水加热,怎么写成"火"旁的"炝"?

"吃呀!他姨!多吃点儿!"我妈坐在桌边,一边劝戴德熙,一边给燕燕搛饺子。看戴德熙熟练地用左手使筷子,我妈笑了,很开心。

"戴阿姨,你什么时候把哥哥考糊?"燕燕忽然好奇地问。

"烤煳?"戴德熙一愣,马上乐了,"你是说让我考一考斗斗的英语？"

我常威胁上初中的儿子："快背单词！哪天叫戴德熙考考你的英语，你小子非给考糊不可！"这玩笑话却被燕燕听去，做正经话说。

"咦，斗斗呢？他怎么没来吃水饺？"戴德熙关切地问。她知道"一家之主"还躲在书房兼卧室中看书，以便把天下让给女客人。而我妈最宝贝的孙子，平素总要吃第一锅水饺的孙子，哪儿去了？

我也莫名其妙："刚才还在呢！也许怕你把他考糊了，溜之乎也。"

"吃呀！他姨，趁热吃，蘸点忌讳。"我妈说。

"马老师，什么叫'蘸点忌讳'？"戴德熙的问题又来了。

"就是吃醋的文雅说法。'忌讳'代表着醋。"我不得不给美国人讲"吃醋"来历：唐太宗的宰相房玄龄有个妒妻，不允许房玄龄纳妾。可是那个时代有地位的男子都三房四妾，唐太宗将房玄龄妻子宣来，宣布：或者同意给丈夫纳妾，或者将这瓶毒酒喝了。那位夫人毫不犹豫，拿起来就喝，结果发现，里边装的是醋!

我们桌上摆了瓶高级醋,咦,哪儿来的?这几天好像没买啊。

原来,是我妈哄刚放学的孙子去买来的。至于那位最爱吃水饺,且天经地义要吃第一锅的嘎小,听了我妈的话,去"再打两盘乒乓球",让美国阿姨先从从容容地吃,滋滋润润地吃。我妈则在一旁笑容满面地看着,那股舒坦劲儿,活像是她老人家哪位宝贝闺女走娘家来了!

有心栽花花不开,无心插柳柳成荫。戴德熙在中国进修一年,我郑重地请她来家包过多次羊肉水饺,她偏偏最喜欢那次仓促上阵的素饺子,说:"味道最好,又适合减肥要求。我回美国,一定教给我的姐姐妹妹!"

我揣想,这位善于用左手记笔记的美国女博士,没准儿又记了这么一则汉语词汇札记:

素水饺的做法:要"爊"上豆腐馅儿,"焙"上花椒面儿,把韭菜洗净"控"干,切得"非细",再打上两个生鸡蛋以便形成"琐酪"。吃时,要"炝"上芥末面儿,蘸上"忌讳"才出味儿。还有,当在那狭小的房间包水饺时,中国老师不再叫"老师",也不叫"小马",而叫"(孩子)他妈",美国学生不再叫"留学生",也不叫"博士",而叫(孩子)"他姨"!

注:本章曾以同题散文发表在刊物上,多次收入散文集,本次重组进书,只将原文"奶奶"称呼改为"我妈",以与本书整个称呼统一。

第七章
家中有棵常青树

哪里需要就往哪里冲,几十岁还觉得自己没老。

1 "救火队长"和"总指挥"

自从我们回到淄博，我妈常在"老家"和"我家"打游击。

我们到济南后，我妈又常在长子、次子、老家三个地方轮流住。

在淄博时，她回老家就带着牛斗，留下我们两个自食其力。

到济南后，她回老家就带着燕燕，留下我们三个自食其力。

一九七九年底，我到蒲松龄纪念馆看故居珍藏的手抄本,燕燕已跟着奶奶回老家待了差不多两个月。从蒲家庄到小韩庄只有三四里地,我步行跑到小韩庄看宝贝女儿,跟她聊起来,啼笑皆非:小妞儿满口淄川土话,跟我刚从蒲家庄录的老农唱俚曲一个腔调。我说:"不行不行!必须立即把她带回去,送山东大学幼儿园!"

我妈只好不太情愿地跟我回济南。

甭管跟着什么样的儿女,老人家总还是恋旧巢。

住惯的老屋,习惯的生活,有共同语言的亲戚邻居。

如果一定得离开自家的老窝,老太太似乎更喜欢回我们家。

"金童玉女"都是她亲手带大,她在这里说了算。

我觉得年近古稀的老太太很像牛家的救火队员。

哪里需要就往哪里冲,总出现在为儿女排忧解困的地方。

牛斗三岁时,我妈到牛大哥家伺候月子,大嫂满月后,又跟老奶奶"换岗",仍回到我们家看孙子,后来又看孙女。

我们回到济南后不久，对越自卫反击战开始，山东大学的女同学在乔幼梅副校长带领下搞"战士在我心中"的活动。而牛司令的小妹夫王金宝要上老山前线，不记得他是炮兵连长还是营长，总之得离开驻防的淄博。他们出生不久的女儿没人照顾，把我妈当救兵请了去。

我们家的奶奶忽然变成别人家的姥姥，我们有各种不习惯，我写过一篇散文叫《奶奶不在家》，好像发表在《父母必读》月刊，早就找不到了。印象中我写的大意是：当我家奶奶不在家时，我们种种不受用，家里想用的东西总找不到，米面生虫，橱子爬满蚂蚁，至于吃饭，能凑合着填饱肚子已经不错，哪儿谈得上吃好、吃舒心，诸如此类。

对越自卫反击战取得胜利，小妹夫带兵荣归。别人家的姥姥仍恢复为我们家的奶奶。全家兴奋不已。因为不仅是奶奶回来，更是"总指挥"回来了。

二十世纪八九十年代，我在《文史知识》《中国文化报》《济南时报》等好几家报刊开专栏，在《齐鲁晚报》《野狐禅》专栏，发过一篇随笔：

家有指挥家

看到这个题目，可能有人会想，这个人的家里边，可能先生仅次于李德伦，女士可比郑小瑛，也许男孩在上陆军学校，女孩进了音乐学院指挥班。

这都不对，我家的指挥家，是既不懂音乐，也不懂军事的奶奶。

老太太只要来到我们这个家，大家就都成了她所指挥的一员。她随时会对每个人发布相应的命令，指挥得井井有条。

对一家之主，会发布买什么什么菜之类的命令。

对孙子孙女，总是命令怎么吃，怎么穿。

"把这碗牛奶趁热喝了！"

"把那些饺子全吃了！"

"刮风啦，穿那件衣裳冷啊，快换上那一件啊！"

"阴天啦，带雨衣啊！"

奶奶在这儿时，如果我这个名正言顺的家庭主妇进入厨房的话，奶奶总用眼睛"封锁"着我，看我想做什么，有没有"侵权"的打算？然后发布命令说："你干你的去。这里的事不用你管！"

奶奶对我常发布的命令就是"你干你的去"。

奶奶特别心疼我常常一坐几个小时地打字。

她会呆呆地坐在我身后的沙发上，看看电脑屏幕上出来的一行一行她并不识得的字，看看全神贯注的我，露出极不理解的神情。

有一次，她忍不住感叹说："凑（做）啥也不容易啊，像上了刑罚！还不如拿支笔写省劲哩。"

有时候，奶奶看着看着，就走开了，一会儿工夫，手上端了一个小碗来，里边或者是削好了皮儿的萝卜或地瓜，或者是洗净烫过的大红枣儿，放到电脑边。

有一次，山东画报社的摄影记者小高来给我照相，要在他们画报发专版，照完孩子说的"假装看书""假装打字"后，说需要再照一张怎么做家务的相片。我到厨房里拿起一个小盆儿，刚刚放进几棵菠菜洗，奶奶过来了。

"凑啥（做什么）？"

"洗点菜。"

"搁那里吧，我洗，你干你的去。"

一家之主忙过来说："她不是真洗，是'装样'洗。"

"'装样洗'？"奶奶想了想，说，"那就洗点吧！"

画报社的人直乐，说这老太太真可爱！

儿子这个顽皮家伙给奶奶总结并夸张说，奶奶就像游击队的指挥：

"一连上东，二连上西，三连埋伏到崖头上！"

奶奶耳朵有点儿背，没听见孙子胡说八道，正给准备骑摩托车上班的孙子下命令："戴上你那帽子（头盔），蒙上那玻拉盖（护膝），慢着点儿开车，后晌早回来吃包子！"

我觉得我妈跟我比跟她儿子更合拍。

为什么？她儿子有点儿不识相，干涉内政。

对我妈来主持家务，我的"方针"——如果有方针的话——是：你做什么，我就吃什么。爱吃的，多吃几口；不爱吃的，一口也不吃。

牛司令有时却会对我妈说：应该做什么饭……

等他"指挥"完回到我们房间看书。我妈就对我恨声不绝地说："聂裹人（淄川话：那个人，指她儿子），啥事他都得管！"

我乐坏了：怎么样，你号称牛司令，老妈来了，你就老老实实做个帐前听喝的小兵算了,还想指手画脚,抢班夺权?这可是领导权的原则问题!何况,在咱们家,就是干的不如不干的,不干的不如捣蛋的!

牛司令是那个想干的,我是那个不干的,儿子是那个捣蛋的。

我跟老太太很长时间内的主要分歧,是要不要吃剩菜。

我妈做菜总怕不够吃,经常每顿吃完,可能还有小半盘,她就把这半盘留起来,到下次饭时,再热一下,端到桌上来。

我一再跟她说:"筷子夹过的剩菜不能吃!"

我妈不同意:"不是热了嘛。"

"热了也不能吃。"我没法跟老太太说亚硝酸盐之类道理,只能跟她争辩,"吃了上顿剩下的,再把这顿炒的剩下,永远吃剩菜?"

"剩菜就不是菜?灾荒年草根还吃不上呢。"

既然说服不了怕瞎东西的老太太,我宣布:"那好吧,你愿意吃剩菜,你只管自己吃。反正除了包子、饺子、酱牛肉、酥菜,再好的剩菜,我一口也不吃!"

她儿子居然也跟我统一战线了。

到了饭时,我妈果然先把筷子伸到剩菜上。

我立即端起剩菜,几步跑到厨房,倾进垃圾筒。

"糟蹋东西!不会过日子。"老太太很生气,却无可奈何。

这大概是我持续跟我妈"斗争"且取得最终胜利的一件事。

我妈后来比较接受我的观点,他儿子如果在什么事上想节省一下,老妈还说他小曲(淄川话:小气)。跟我观点渐渐一致,挣钱就是为了花,该怎么花就怎么花,对逢年过节"吃饭店"也不反对,通情达理地说:"瞎厮(淄川话:瞎子)不点灯,也没见省下油钱。"

2
"人家来咱家就是看得起咱"

我妈热情好客,不分亲疏,堪称一绝。

不管认识还是不认识,来者都是客。我妈总是端茶递烟,盛情接待。

有一天,一个跟我们无半点交情的人来求牛司令帮忙办事。我妈炒上几个菜请他喝着酒,等牛司令下课回来。

牛司令进门一看,强忍下一口气,等不速之客走了,才大发雷霆。

猜猜看,我妈怎么对付?

"看你那个熊样!人家来咱家,是看得起咱。我替你们招待人家,是给你们长脸。"

把牛司令顶得哑口无言。

以后只好叮嘱我妈:为了安全,我们不在家时,不认识的人,你不要让他进门。

3
配套成龙尽善尽美

我妈喜欢新事物，有句口头禅："科学啊。"

有一天，我和牛司令去看我们上大学时教文艺理论的狄其骢老师。狄老师是非常严谨的学者，对我们一直十分关照。有什么心里话，狄老师也能对我们说。

我们发现狄老师家正在用电饭煲做饭。

我们好奇地问：这是什么好玩意儿？有什么优越性？

狄老师夫人荣老师就给两个老学生普及了一下电饭煲常识，如何方便，如何好用，做出的饭如何好吃。

我很高兴：有这么个锅，再做米饭就不会煳锅了。

我们马上到商场买回个电饭煲。

打开包装，把锅洗干净，摆到厨房，两个人在客厅看了一会儿说明书，研究怎么使用。

一会儿，厨房里传来米饭快要熟的香味。

我妈已经用电饭煲把米饭做上了。

人家在红霞家里早就用过多次。

我们倒成了刘姥姥进大观园了。

我妈甭管做什么事，都求尽善尽美。

家里必须清清爽爽，窗明几净，一尘不染。

洗衣机洗衣服，得分开内衣外衣，分开颜色，拿到阳台上晾干后，一件一件整整齐齐叠起来，放到每个人的专用抽屉里。

牛斗酷爱的饺子、包子不要说了，经常吃，得蘸蒜泥，如果有客人，则炝芥末。其他吃食也必须和谐配套，不许乱套：油饼必须配稀饭，最好小米绿豆加红枣，大米的也行，如果时间紧，也可能配小米面稀粥；米饭必须配汤，最好是牛肉丸子或西红柿鸡蛋汤；

馒头可以配各种菜，吃馒头和包子，同时必须有粥。

夏天，我妈经常让我们吃凉面，她不许从商店买挂面，自己做手擀面。把面和得硬硬的，醒一会儿，在案板上擀好，切成粗细均匀的面条，撒上点儿玉米面，散开，放在一边；把开水早早凉到盆子里；把黄瓜洗净切成细丝；摊好鸡蛋皮，切成细丝；把香椿芽、腌胡萝卜切成细末；把蒜捣成蒜泥；把芝麻酱放点儿精盐用醋调开，再续上少量凉开水……

万事俱备。吃货们大快朵颐。

虽然我们这帮人不像《金瓶梅》的帮闲应伯爵，一顿就在西门府"狠了七碗"凉面，但我妈做的凉面，经常个个吃得肚儿圆。

哪个食堂，哪个饭店，也吃不上这么新鲜可口的老妈牌夏凉面！

除了宝贝孙子喜爱的饺子、包子，菜饼和菜煎饼也是我妈的"常规武器"。她烙菜饼和菜煎饼用的馅跟包素饺子的馅略有不同：不放粉丝和木耳。据说放了那些玩意儿，吃起来会"格格愣愣"。她的菜饼，皮又薄又软，火候掌握得特别好，烙得两面略微发黄，里边的韭菜则是淄川话所说"焦绿焦绿（非常绿）"；她的菜煎饼，是将整个煎饼折成双层半月形，将馅铺进去之后，将半月形周边折进去，形成双层长方形，搁到放少量油的饭锅，烙得两面焦黄……家人百吃不厌。

冬天，我妈经常给我们炸豆腐丸子：将腌香椿芽切细，将葱姜切碎剁细，将豆腐捏碎，团成丸子，放到油锅里……可以捞出来就吃，也可以跟炸牛肉、绿豆丸子一起做成烩菜。

冬天，我妈还喜欢让我们在家吃火锅：各种菜，菠菜、白菜、蘑菇、香菜洗净切好，木耳、粉丝泡好，将豆腐乳、韭花拌到芝麻酱里边……只有羊肉片和虾是从外边买的。

我妈每年春天都腌许多香椿芽。

每当香椿芽上市，我妈就催他儿子去买，千叮万嘱："要红芽，别买绿芽；要大树上的，别要小树上的；买南山农民的，别买贩子的。"

牛司令买了回来，我妈在厨房一遍一遍地洗，有时一边洗，一边教训他儿："看了吧？掉叶子啦，这是泡了水的。"

"看了吧？这些看着润（淄川话对"嫩"的读音），是小树上的，不香。"

洗好之后，我妈先给我们尝鲜，又分成两种形式：

或者把整棵鲜香椿芽一劈两半，撒上细盐稍微腌一下，用面糊一裹，油炸；

或者把鲜香椿芽切碎，打上鸡蛋，炒着吃，最好卷煎饼。

然后，我妈将大批香椿芽撒上比较多的盐，腌在那里。第二天，翻弄一下；第三天，揉一遍；第四天，再揉一遍，等盐充分腌到香椿芽里，晾干，倒上些香油，用坛子封起来，放到冰箱里。

腌好的香椿芽，除做咸菜配稀饭外，主要有两个用途：

一是夏天吃凉面用，二是冬天做豆腐丸子用。

有一年，不知因为匆忙还是别的什么事，我妈腌的香椿芽出了点儿"故障"，她没等腌好的香椿芽将盐分全部吸收，就把它们收起来，将一些盐水倒掉了。

到吃凉面时，我顺口说："今年的香椿芽不好吃，没味。"

牛司令急忙瞪我一眼。

我妈惘然若失。

第二年,我妈腌了双倍的香椿芽,喷香。

太多了吃不迭,必须得冷冻起一些。我们从报刊上学到冰冻的办法,告诉我妈,老太太居然"与时俱进",欣然接受。

第三年新香椿下来,冰箱里还有好几包上年的。

我妈又接受我们的建议:将一部分鲜香椿芽冷冻起来,大雪纷飞时,拿出来炒鸡蛋。老太太喜盈盈地说:"科学啊。"

4
有妈才有家

我特别不满的是：每年春节，牛司令都不跟我一起过。

叫上牛斗跟他一起回淄博，在牛大哥那里过。

因为我妈每年春节前必定回到牛老大家。

牛司令也不想想，你回去找你妈，我到哪儿找我娘？

牛斗一家吃过除夕饭就走了，女儿初二才回来。

每年春节，"臭牛司令"一走，我成孤家寡人！

现在大年初二回娘家，我都无家可归啦。

牛司令为什么春节非得到牛老大那里过？

那里吃什么龙肝凤髓、千年茯苓胆、人形带叶参？

有一年，我忍不住跟他父子一起，大年初一也到牛老大家看看。

满屋子都是人，卧室、门厅、饭厅，一拨一拨，一群一群。

好几个女婿都来了，不讲究女儿初二才回娘家那回事。

在那里推杯换盏，你敬我一杯，我碰你一盅。

谁要是不痛痛快快喝酒，谁就是"草鸡（淄川话：耍赖）"。

子女婿媳，甭管做不做官，有没有名气，有没有钱，在这里，你我都一样。

都是"咱妈"的子女，平等享受母爱的子女。

大嫂、弟妇都在，各司其职忙着干活。

男孩女孩，大的小的，嘻嘻哈哈，叽叽喳喳。

你捶我一拳，我戳你一下。

各种各样的菜，摆了满满一桌子。

两个摊子在包饺子，居然还给我准备了素馅。

我妈红光满面，笑容可掬，穿着大红绸缎衣服。

老太太今天不下厨房，众星捧月般坐在中间。

我突然想流泪，想到爹娘在世的情境。

我们家过春节，从来不像牛家这么菜肴丰盛。

更不可能像他们家这样你一杯我一盏地喝酒。

但同样笑语盈盈，亲情怡怡，其乐融融。

因为有爹在，有娘在，苍颜白发双亲在。

他们是家庭的黏合剂，亲情的凝聚力。

儿孙绕膝，是老人最大幸福。

不管什么年龄，有妈才有家！

5
树杈上夹石头，得陇望蜀

孩子渐渐长大。

好像是一九九〇年槐花飘香的季节。

我妈要求到千佛山烧香拜佛。

事后我形容，"老太太跷呀着小脚"从山脚往山上爬。

爬得非常虔诚。

爬到半山腰，我妈突然离开台阶，扶着旁边石阶，移到旁边的树林里，先在地上找了块模样比较周正的石头，后找了棵矮壮的松树，踮起脚，把石头夹到树权上。

"这是干什么?"我惊奇极了。

牛司令解释说:"这是求早生贵子。"

到了山顶,我妈虔诚地跪在佛的跟前叩头,念念有词。

牛司令解释说:"一定还是求早生贵子。"

我妈得陇望蜀,企望早日抱上重孙子。

我的肚子快笑破了。你那宝贝孙子还上着大学,人家还没对象呢。

到我们家的姑娘,成了老太太琢磨来琢磨去的对象。

"这个闺女挺好。"老太太说,他孙子连理都不理。

"那个闺女不孬。"老太太说,他孙子连腔都不搭。

终于有一天,老太太确定个最中意的。

全家一起看电视上的《窈窕淑女》。

奥黛丽·赫本主演,清纯靓丽,倾国倾城。

我妈叹口气说:"这闺女真俊!给斗斗找个这呼的(这样的)就行啦。"

全家笑软,好莱坞大明星成我妈选择孙媳的最低

树杈上夹石头,得陇望蜀 ◆ **217**

标准。

一九九五年和二〇〇五年,牛斗、牛晓先后结婚,是我妈最幸福时刻。

当然也是我们最幸福时刻,但老妈在,喜宴拜家长,我们只能退居次席。

我妈穿着红色绸缎礼服,坐首席家长位置,接受新人朝拜。

我妈会不会联想到在曲阜医院目睹长孙出生?

我妈会不会想起她发动邻居举行二胎保卫战?

我妈会不会想到孙子要吃饺子,"行啦,捞吧"?

我妈会不会想到天热家无电扇,整夜给孙女挥扇子?

…………

很可能,我妈不会像搞文学的人,多愁善感,酸文假醋,她只是开心地笑着,享受孙辈成人、成家的快乐。正如她常说的:"一辈人有一辈人的福啊。"

6 "等大老老就不染了"

孩子长大，我们步入中年，眼看迈进老年门槛。

我妈却觉得她并没有老。

我妈是家庭常青树，是艰难困苦永远锤不扁、打不烂的铜豌豆。

二十世纪九十年代在山东大学老校二宿舍住二楼时，我妈经常从窗口往楼下看，用不以为然的口气说："看聂些（淄川话：那些）老嬷嬷，成天坐在那里聊闲天！"

我妈希望"那些老嬷嬷"不要玩忽职守，不要那么悠闲,不要总在那儿没事拉呱儿,赶快回家,该做饭做饭,该做针线做针线,该看孩子看孩子。

牛司令和我,你瞅我,我瞅你,悄悄乐。

"那些老嬷嬷"个个都比我妈年轻。

最老的不过七十来岁,而我妈,早就八十多啦。

我妈仍坚持:馒头要她亲手蒸。外边买的?"不中价吃(淄川话:不好吃)!"

我妈仍坚持:饺子馅必须她亲手调。你们调?二五眼(淄川话:质量很差),"不是齁咸(淄川话:太咸)就是没味。"

我妈仍坚持:饺子面必须她亲手和。你们和?连撒加扬(淄川话:泼洒浪费),"不是硬了就是软了。"

我妈仍坚持:带鱼必须她亲手处理。你们做?拂皮蹭痒(淄川话:不能彻底解决问题),"鱼鳞还在上头。"

哪个想刷碗?"放那儿吧,看再打了(不要跌碎)!"

厨房仍是我妈的领地,谁也不许越权,例外是包饺子我可以参加。

一九八五年搬进山东大学新校南院四十号楼时，我们用上全自动洗衣机，篡夺了我妈的洗衣权。经几次仔细检查洗过的衣服，认为洗得还算干净，我妈终于放权。但是，棉被仍是她亲手拆，洗衣机洗后，她再一针一针缝起来。后来我们"对付"她的办法，是买可以套到被子上的被罩，需要"拆洗"时，扯下来，丢进洗衣机。

"别买衣裳啦，穿不烂了。"我妈经常这样嘱咐。

我们跟她辩论：谁规定的，所有衣服必须穿烂？

老太太只好继续接受给她买新衣。

有件事，差点儿把我笑死。

我买了件相当时髦的羽绒服，深紫色。

我们也要给我妈买一件。

问她："要什么样的？"

"他妈妈那呼的（那样的）就行啊。"

我听了直想笑，老太太眼光不低。

我们按我妈的身材买回一件，跟我那件同款，仅仅颜色不同。

我妈看了，似乎并不是太满意。

哦，老太太嫌这件黑色羽绒服没我那件漂亮，太"老气"。

可是我不能跟她换啊。

我妈可以穿我的这件，宽宽大大的。

我却不能穿我妈那件，拉不上拉链系不上扣。

哎呀，我干吗不给老太太买件大红的？

劝我妈不要染头发更像一幕喜剧。

我们马家阿拉伯血统，少白头，我四十多岁开始染头发，结束染发时将近七十岁，源自二○一一年牛斗发令："不许染头发，不许上电视，不许外出讲学。"没想到后来央视几家栏目专门打电话："别染头发，我们就要个白头发老太太。"

我当时染头发，是为了登讲台显得精神，但染头发非常尴尬，我的头发长得快，染不了多长时间，发根就出来几根几根，几片几片，白森森的。而且，不管怎么宣传无毒，染发剂哪有毫无副作用的？

有次我妈从淄博回来，我们惊奇地发现，老嬷嬷染头发了。

最疼爱老妈的女儿红霞干了件"好事"！

我妈从此染了好几年头发,直到我们对她来个"孙安动本"。

我对我妈讲了一番大道理:四世同堂啦,重孙女阿牛都上一年级啦,九十岁老奶奶,既不上课堂,也不上电视,还染什么头发?再说,染头发总是会有副作用啊,过敏啊,眼睛发痒啊,完全没有这个必要啊……

"妈,咱不要染头发了。我也不打算染了。"我最后说。

我妈说:"等大老老就不染了。"

我瞠目结舌。

"大老老"就是再过个十年二十年吧。

哦,我妈认为,九十岁的她还不算老,或者说根本不老。

老太太耳背,刚才已跟她"吵"着,磨破嘴皮说了那么多大道理,现在老嬷嬷一个钉子把我碰回来,下一步怎么办?

我趴到我妈耳边,笑嘻嘻拖长声音说:"臭——美——大辣椒!"

7
我们的"头衔"里有我妈多少功劳

我们两个回到山东大学二十来年,真用得上一句俗话"芝麻开花节节高"。职称爬坡,基本顺风顺水,讲师、副教授、教授,享受国务院特殊津贴,博士生导师,学科学术带头人……"牛马同槽共进同享",如花似叶,岁岁年年。纵然未尽人先,也还不曾落人后。在学术界,牛司令当全国某学会副会长,省学会会长,经常"领导"、组织开这会那会,忙得焦头烂额。我在全国红学会不过"混"个常务理事,从不理什么事,倒是当三届中国作家协会全国委员会委员不错,每届都有幸参加一次作家代表团出国访问。至于一年一次全委会,能去就去呗。

当年有句叫得很响的话,战士军功章,有军嫂的一半。我们没有军功章,但我们算不清的"头衔"里有多少我妈的辛劳?

牛司令除了在家得个"司令"称呼,在广播局时被叫"老牛",回到山东大学后,不管他做什么会长不会长的,人们永远叫他"牛老师"。而我曾有许多称呼,在报社时叫"马编辑",回大学后叫"马老师",做省作协副主席叫"马主席",兼职省政协、省人大后又叫"马常委"。在家里牛斗叫"马老",后边省掉个"胖"字,牛晓叫"胖妈""胖人",阿牛称"奶胖"并顺便把根本不胖的爷爷叫"爷胖",宝牛宝猴姐弟叫"胖姥姥"并顺便把姥爷叫"胖姥爷",而我妈从来只叫我"他妈妈",即孩子他妈。

我妈对我的称呼让外国朋友笑得十分开心。

一九九七年,美国迪肯森学院邀请我短期访问,其实主要是和研究蒲松龄的杨瑞教授交流,她想叫我到美国看一看,再帮他们学校安排十位教授访问中国。

我在美国大瀑布、大峡谷、好莱坞影城逛了一大圈，到好几位美国教授家做客。第二年，十位美国教授看完泰山、黄河、蒲松龄故居、灵岩寺后，到我家做客。我妈热情地跟美国朋友——有几位能听懂汉语，大部分需要翻译——絮絮而谈。甭管哪个国家来的人，不管什么肤色，我妈都一见如故。

我妈坐在沙发上，攥着一位美国女教授的手，像跟"邻家女孩"一样拉家常，一口一个"他妈妈"如何如何。

美国教授乐坏了，中国教授原来还可以有这样新鲜的称呼，"他妈妈"！

我告诉美国朋友，如果没有这位叫我"他妈妈"的老嬷嬷，我们夫妇的教授可能要做得比较累。美国教授知道我们家事"主政"的并不是我，都说：这可真是中国国情，在美国，绝对不会有这样的事。老人替已婚子女承担那么多家务，不要说是儿媳妇，女儿都不可能有这样的"待遇"。

鲁迅先生说：我们从古以来，就有埋头苦干的人，有拼命硬干的人。我妈就是一个在家务上埋头苦干的人。因为她埋头苦干，儿子媳妇有更多时间在业务上拼搏，孙辈放学回家总有热汤热水。我妈根本不知道儿子媳妇到底在讲什么课，在写什么书，成了什么名，做了什么"家"。她只是发现，儿子媳妇一年比一年更早起晚睡，总有写不完的文章、上不完的课。她也不知道孙子孙女上的是什么985大学、欧洲名校，只是发现，孙子忽然不在家住了，去山东大学新校住集体宿舍了，什么时候回家吃奶奶包的饺子？孙女忽然不在国内待，出国了，远不远啊？到底什么时间回来呀？

我妈是牛家的一家之主，她的八个子女，都是她照拂的对象，她还经常指导子女之间互相帮扶。我们这个小家的四个人，儿子媳妇孙子孙女，则是她几十年重点照顾或者说习惯照顾的对象。

一直有好奇的同事、朋友做这样假设：如果没有老婆婆帮我，我的教授、作家生涯怎样进行？可能照样做得到，但可能不会做得如此"滋润"。

初回山大时，有位女同学常到我家聊天，看到我的家务有那么好的代理，她纳闷儿："你凭什么这么有运气？"

一向不苟言笑的牛司令调侃一句："你早干吗来？"大家笑成一团。

只要我妈来到我家，分配我的任务就是"好好干你的"，别的事不用管。

8
"不过是懒一点儿馋一点儿"

二十世纪八九十年代参加国际红学会，除讨论曹雪芹和《红楼梦》，红学家也议论些人情之常，来点儿飞短流长。

大师兄李希凡很好奇：像你这么个粗心任性家伙，怎能跟婆婆一起住一二十年？

"那当然因为本人既贤惠能干又吃苦耐劳啦。"我大言不惭。

红学家们大笑，说：胡吹什么？说这话，打死都没人信。

大师兄换个角度探讨:"你婆婆怎么看你?"

"我婆婆说啦,'他妈妈'没什么鳖犊心眼儿、花花肠子(淄博话:坏心眼),不过是懒一点儿,馋一点儿。"

几位女红学家说:对"马蹄子",这是比较准确的评价。

李希凡加以演绎,在饭桌上对许多红学家宣布:

"马瑞芳的婆婆说啦,她没有别的缺点,就是又懒又馋!"

"我又懒又馋?"我对大师兄反唇相讥,"我就是端出两盘咸菜,也不至于到了饭点,轰客人回宾馆吃饭去!"

一九八一年,我到北京领首届少数民族文学创作奖。有天下午跑到光华里看李希凡,离开宾馆时,跟几位回族作家白崇人、沙叶新、张承志说:不要等我吃晚饭,我可能不回来吃。我到了人民日报宿舍,大师兄给泡上杯龙井,聊了一会儿,看看快到吃饭时间,大师兄说:"你大师姐不在家,我又不会做饭,你还是回宾馆吃去吧。"

我回到宾馆饭厅,顶头遇到蒙古族作家、"王爷"玛拉沁夫,他幸灾乐祸,呵呵大笑:"回来啦?人家'小人物'不管饭啊!"

9 "连口水都不给哈（喝）"

二〇〇四年底，我应邀到中央电视台《百家讲坛》录制"马瑞芳说聊斋"，后来总共播出二十四集、一千多分钟，还曾创造栏目新收视率。二〇〇五年山东省两会期间播出，我正在省人代会上。

时任省委书记张高丽过来和我握手："谢谢你宣传了山东。"

有朋友给戴高帽：你在中国最高平台上宣扬齐鲁古圣先贤的同时，给山东节省下数以亿计的广告费。

我回到家中，家人正在看那个节目。

我妈和重孙女阿牛，一老一小，看得特别认真。

那个小的，虽然是小学一年级，却早就知道聊斋。一岁多就爱听奶胖讲《画皮》，一边吓得往奶胖怀里钻，一边说："奶胖，讲！"

那个老的，在小韩庄住一辈子，而小韩庄离蒲家庄只有三四里地，她应该知道许多来自淄博民间的聊斋故事，我很希望我妈跟我讨论一下聊斋故事。

四十五分钟节目，一老一小，聚精会神看完了。

我问："阿牛，奶胖讲得怎么样？"

"还行。"

"比你老师怎么样？"

"差不多。"哈哈，我达到小学一年级教学水平啦。

阿牛接着说的话让我汗颜："可是，我老师的四声比奶胖准。"更没想到，八岁娃娃又说出一句话，"奶胖为什么不讲《画皮》？"

我再到央视继续录"说聊斋"，就采纳阿牛建议，而讲《画皮》在内的"恶鬼"一集，收视率最高。

我妈会对我的讲座有什么看法？

这会儿，我妈总该对我的"出门"装扮满意了吧？

我妈不是总提醒我:"出门"前得好好"倒拶倒拶(梳洗整理)"?

瞧瞧屏幕上的我,头发整得多有型。那是央视化妆师仔仔细细"做"出来的,头发染作黑褐色,先用电棒卷出不太明显的大弯,再用发胶定型。我不仅被化妆师扑了粉,抹了口红,还给贴上双眼皮,粘上假睫毛啦。

我妈不是总提醒我,"出门"得找出最好的衣服换上?

瞧瞧屏幕上的我,穿的可是在学校绝对不可能穿的服装,橘黄色毛衣套装,里边背心,外边外套。如果我穿这套衣服给研究生讲课,他们肯定会说:马老师今天吃错药了?

而我妈,应该对如此"精致"的服饰、打扮相当满意啦。

我妈从沙发上站起来,有点儿气愤,有点儿心疼,说:

"聂些(淄川话:那些)人,扛(太)不像话啦,给他们讲这么半天,连口水都不给哈(喝)!"

尾声
人生最大财富

二〇二〇年春节。

阿牛放寒假,已免试保送北师大读硕士。牛斗家日子悠哉游哉,但今年不能外出旅游。武汉发现新冠肺炎,越来越多的人宅在家。宝牛小学四年全A,宝猴已上幼儿园,顽皮得像从花果山下来的。牛晓燕打算开车四处游,被两家父母坚决制止,"带大宝二宝在奶奶姥姥家好好捣蛋就是。"

孩子们都不外出,家里就得多准备些吃的。

网上网下,这商场、那超市转悠个溜够,采购齐全。

我家指挥有人传,牛司令有计划按步骤指挥我干这干那。

"把海带、牛肉洗干净,切好。"准备做酥锅。

"把桃仁、杏仁、花生皮剥了。"准备做鸡豆。

"把豆腐团一团。"准备炸货:豆腐丸子、绿豆丸子、牛里脊。

"把地擦一擦。没看到那里有洼水?滑倒了怎么办。"

我说:"派我当干粗活的备菜工,你得支付钟点工工资。"

牛司令说:"你先把'大厨'工钱付了。做酥锅得站那里盯三个小时。"

我对阿牛发牢骚:"现在奶胖就是想吃根虱子腿,也得爷胖说了算。"

我对牛司令说怪话:"早上净叫我吃西红柿面条!就没点儿新花样?"

"知足吧。星云大师每天早上也是一碗西红柿面条,你比他还多个鸡蛋。"

好啊,干活让我向钟点工学习,吃饭让我向老和尚看齐,混到七八十岁,我的人生终于上了个新台阶。

西红柿面条,是在佛光山跟星云大师同桌共餐一周的收获。

那就早饭仍吃面条吧,不过有时也会换个样儿,香菇的，白菜的。

白菜面条，又叫"揽锅子面条"，把白菜炒好后和面条煮到一起。当年我娘常做，更是我妈的"保留项目"，正如酥锅、鸡豆、炸丸子是我妈春节的必要工程，从一九七二年我们带牛斗从天津回到淄博，我妈年年给我们做。

我们家现在饮食的最高评价是：

"炸肉炸出老奶奶炸的样子了。"

"这次油饼比老奶奶做的也不差。"

"今天饺子能跟老奶奶做的媲美。"

酥菜煮好，我在"家庭网"宣布："吃货们快来拿。"

阿牛在家庭网一声欢呼："酥菜好吃无比！"

爷胖奶胖笑逐颜开，赶紧再做鸡豆、炸货吧。

已经和将成"八零后"的两个"笨人"仍然自己的事情自己做，不请钟点工。不习惯有个外人在跟前晃来晃去，何况校园中人需要安静环境看书、写东西。

我们的家务劳动，完全复制我妈当年所做过的。

人生经常是：前边老人走的路，后边老人接着走。

二〇〇六年春节，我妈回牛老大家过节，平地摔一跤。不久，在淄博安然辞世，享年九十三岁。

相隔三十九年，我妈和终身伴侣地下团圆。

纵是喜丧，终是永别，子孙媳婿，长跪号啕，万般不舍。

我妈照顾我们几十年，我们没能床前侍奉一天，愧欠终生。

长孙牛斗跟大爷、爸爸、三叔一起，造坟，修墓园，种树木。

每年清明和我妈的忌日，牛司令父子都到坟前祭拜。

二〇二〇年元旦前，我因写新书累病，懒洋洋躺在沙发上，看一会儿克里斯蒂，整理整理二十世纪八九十年代自己的散文。

冯沅君、陆侃如、萧涤非、高兰、殷孟伦、吴富恒等恩师，私附门墙的吴组缃教授……音容笑貌重现眼前。他们都曾在如何做学问，如何搞研究上对我有关键性提携，师恩难忘。

我爹娘也算我做学问的老师，爹教《黄帝内经》《易经》，娘讲红楼、聊斋。

我还有位并没教我如何研究古代文学，如何写文章的老师，没有好好写一写。

我妈不认字，却对我们写文章帮助最大。她老人家更是教我们如何做人，几十年亲力亲为，展示做人原则：勤俭持家，吃苦耐劳，尊老爱幼，善待亲朋，克己尽责。她用无边慈爱照拂全家，让我们夫妇有充沛精力和时间，专心读书，教书，写书。

一九八九年，我娘走了，四十七岁，我成了没娘的孩子。

二〇〇六年，我妈走了，六十四岁，我成了没妈的孩子。

跟我妈相处几十年，我终于明白一个道理：

中华民族的优良传统：仁、义、礼、智、信，不仅仅写在书本里，而且植根于广袤无垠的民间文化土壤，言传身教，代代相继，生生不息。

人生的精彩不会因为受教育程度不同而不同。

善良和宽容及由此产生的美，才是人生最大的财富。

2020年元旦至除夕写于济南洪山脚下

我的婆婆张秀芹

婆婆含饴弄孙

我的公公与他的两个儿子，怀抱者是运清

二胎保卫战的芳邻

共享饺子的小伙伴

母与子

婆婆与我

孙子新军与奶奶

孙女晓燕与奶奶

婆婆千佛山拜佛求重孙

1998年婆婆在家与美国教授合影

1999年合影

我婆婆的婆婆与孙子合影于淄川韩庄

我与婆婆,背景是蒋维崧老师赠字

红霞帮母亲完成心愿

四世同堂祝婆婆九十大寿

婆婆与她的五个女儿

婆婆与她的三个儿子